タキノ
アルド

ザバァーン！と巨大な何かが海面を叩いた。
某恐竜映画に出てくるような
水棲《すいせい》恐竜らしき生き物が再び姿を現すと、
イルカもどきを咥《くわ》えて海中へと沈んでいく。
体長は三十mほどありそうだ。

CONTENTS

第一章　青く輝く星

アレクシア共和国の惑星軌道上、母船内。

別次元宇宙へと転移し、迷宮都市のダンジョンを攻略した俺達《たち》は、湖の底の遺跡でモノリスを発見し、新たな試練を乗り越えてシャンバラを目指すようにと告げられた。

俺は母船の自室でベッドに寝転びながら天井を見つめる。

時折、母船の外の宇宙を映すモニターに目線を流すが、瞬く星々の光景は頭に入ってこない。

シャンバラ。

理想郷という意味の場所なのだろうか？　『見放されし者達の子孫よ』という事は、シャンバラは祖先である者達が住まう場所なのだろうか？

まぁ、色々と疑問はある。例えば俺達がその子孫と認められた事だ。俺は神によって転生させられた時に若返った。けれども、あからじめ身体《からだ》を用意された者ともいえる。そんな俺も子孫として認められた。

あの神がそのように創ったのだろうか？　あの神が？　分からない。

とにかく、行く先は決まった。今はモノリスが示した映像と探査ポッドから送られてきた画像データを照合し、ナブに解析してもらっているところだ。

《マスター》

「ナブ、どうした？」
俺は答えの出せない疑問の海から浮き上がるように身体を起こす。
《マスター、解析が終わりました》
「シャンバラの場所が分かったのか？」
《いいえ、探査ポッドから送られてきた画像では特定出来ませんでしたが、モノリスが示した映像の中心がシャンバラだと仮定するならば、おおよその位置は特定出来ています》
「そうか、ここからの距離は？」
《惑星らしきものが見当たらないため、はっきりとは分かりません》
「行ってみるしかないか。ではその中心に向かってくれ」
《はい、マスター》
身なりを整えて自室を出る。向かう先は食堂だ。

食堂に入ると何やら騒がしい。一部に人集《ひとだか》りが出来ている。そこから届く声からしてまたタキノとルカが揉《も》めているようだ。周りにいるアーマーパイロット達が囃《はや》し立《た》てている。

少し離れたテーブルを見ると、サイとヘルミナが座って静かにお茶を飲んでいる。俺はそのテーブルの向かいに座り、配膳ポッドにお茶を頼んだ。

「あらコウ。コウもお茶？」

「ええ、たまには飲んでみたいと思いまして」

そう答えてサイの手元を見ると、何やら書物を読んでいる。

「サイ、何を読んでいるんですか？」

「ハハッ、これは日本で手に入れた創作物だ」

少年のようにキラキラと瞳を輝かせながら、サイが本の表紙を見せてくる。

「ああ、ラノベですね。たしかナブが翻訳していましたっけ」

「読んでみると、なかなか興味深いんだ」

「どこがですか？」

「異世界転生ものっていうジャンルらしいんだけどな、その舞台が迷宮都市のダンジョンを攻略した、この惑星の状況に似ているんだ」

「そうなのですか？」

「ダンジョンがあって、魔獣が攻めてきて、魔獣王が存在する。俺達が経験した事と似ていないか？」

「そういえばそうですね。たしかに似ています……でもなんで最初に気付かなかったんでしょう。私が以前、勇者召喚に巻き込まれた事が関係しているのでしょうか？」

「その可能性はあるな。無意識に刷り込まれていた、とかな」

「召喚陣にそういった副作用が……」

腕を組んで考えていると、配膳ポッドがやってきてお茶をテーブルに置いた。息を吹き掛けながら一口飲んで一息つく。

「ちょっといいかしら……その、ラノベってどんなものなの？」

ヘルミナが口を挟むタイミングを見計らっていたように会話に入ってきた。

俺は以前読んだラノベについて説明をする。

「たしかにこの惑星の状況と似通っているわね」

そこに突然歓声が上がった。どうやらタキノとルカの方で進展があったようだ。すぐにゴン！とフライパンで何かを叩《たた》く鈍い音が食堂に響き渡る。

「痛《いて》え！」

タキノの悲痛な叫び声が聞こえる。

《マスター》

「どうした？　ナブ」

《シャンバラへと向かう進路上に、人類が移住可能な惑星を発見いたしました》

「その惑星に人族はいるのか？」

《現在のところ、確認出来ていません》

「映像は表示出来るか？」

《はい。映像を表示します》

目の前のモニターに映像が流れる。その惑星は青く輝く星でとても綺麗《きれい》に見えた。

「うん？　この惑星には大陸が一つしか見えないな」

《はい、マスター。この惑星には陸地が一つしかありません。映像を切り替えます》

切り替わった映像にはオーストラリアほどの大きさ・形の大陸が映し出され、陸地は全て木で覆われているようだった。

「変わった惑星だな」

《木の全高は全て五百mを超えています》

「そんなにか……」

《はい、マスター》

夢中で映像を眺めていると、サイが横から話し掛けてきた。

「行ってみるのか？」

「そうですね。シャンバラへと辿《たど》り着《つ》くための『新たな試練』がこの惑星にはあるかもしれません。寄っていきますか」

そう返すと、ヘルミナも興味を示すように頷《うなず》いた。

「面白そうな惑星ね」

どうやら賛成のようだ。

「ナブ、せっかくだから寄っていこう」

《はい、マスター》

「さて、タキノとルカにも聞いてみますか」

テーブルから立ち上がると、騒いでいた二人がきょとんとこちらを向いた。

母船内、コントロールルーム。

「ディープアウトします」

オペレーターが号令を出すと、目の前の大型モニターに青く輝く星が映し出された。

「綺麗な惑星ね……」

「ああ、本当だな」

ルカが呟《つぶや》くと、サイが目を細めながら答えた。

母船は高鳴る期待に沿うように、惑星の周回軌道に乗る。

「本当に大陸が一つしかないんだな」

「そうね。巨木で覆われた大地には何が潜んでいるのかしら」

タキノとヘルミナも、青く染まった光に瞳を輝かせながら、そう呟く。

「大陸が昼側に入りましたら、降下しますよ」

皆が頷《うなず》く。

青く輝く惑星の軌道上。

大陸が昼側に入ると、コウを先頭にして斜め後ろ左右をサイとヘルミナ、最後尾をルカとして、各アーマーでダイヤモンド編隊を組みながら降下していく。

タキノはアーマー部隊十機を引き連れてさらに後方に続いた。

『ナブが言っていたとおり、大陸は巨木でみっちりだな』

大陸上空を旋回しながら、サイからの通信が入った。

「本当ですね。あの海岸沿いの開けた場所に降下しましょう」

と全体通信を入れると、各機から了承の通信が返ってくる。

開けた場所へと次々にアーマーが着陸していき、駐機姿勢をとる。

先にハッチを開けて砂浜を踏み締める。

「空気が澄んでいますね」

目を瞑《つぶ》り、深呼吸をする。

すぐにサイ、ヘルミナが降りてきて同じように空気を吸い込む。

「空気が美味《おい》しいと感じたのは初めてだわ」

ヘルミナが笑顔でそう言うと、その横のサイも頷く。

ルカは少し離れた場所に着陸した。続いてタキノとアーマー隊も降りてきて、各機体のハッチが開き、遅れて到着したタキノも深呼吸をして澄んだ空気を堪能する。アーマー隊の各員は警戒しつつも珍しそうに辺りを見回す。

突然、海側でイルカのような生き物が二頭跳ねた。

「おっ！」

反応したタキノが指を差すと、つられて他の面々も海上を見つめた。そこに、
ザバァーン！

と巨大な何かが海面を叩いた。某恐竜映画に出てくるような水棲《すいせい》恐竜らしき生き物が再び姿を現すと、イルカもどきを咥《くわ》えて海中へと沈んでいく。体長は三十mほどありそうだ。

「すげえな」

タキノは唖然《あぜん》として眺め、他の面々も驚いて固まっている。

気を取り直して巨木の森へと視線を移し、空を埋め尽くさんとする巨木を見上げる。

ナブから巨木の高さは五百m超えと知らされていたが……もっと高いかもしれない。それが地面を覆い隠すようにみっちりと生えている。

その巨木の森から濃くて新鮮な空気が流れてくる。

目を瞑り、新鮮な空気を浴びる。少しの間その空気を肌で感じ終えると、目を開けて巨木の森へと入っていく。

それに気付いた他のメンバーもコウの後ろへと続く。

巨木の森の中は、その巨木の葉で光が遮られていてとても暗かった。そして生き物の気配がしない。魔力は漂っていないのかと思ったが、そうでもなく森の外以上に魔力で満ちている。

不思議な森だ。

一時間ほどかけて森の奥へと進むが特に何も無い。だが、時折魔獣ではない気配がした。

「なんの気配でしょうか」

辺りを見渡すが何もいない。

「コウ、何か感じない？」

ルカは何かを感じたのか、話し掛けてきた。

「ええ、朧気《おぼろげ》ですが微《かす》かな気配は感じています」

と言って目を瞑る。

サイ、ヘルミナ、ルカ、タキノは辺りを警戒するように見渡す。

「うん？」

目を開けてある一点を見つめると、そこから柔らかな光の球が現れた。こちらにふわりと近づいてきて周りを飛び回る。

「特に害意はなさそうですね」

観察するようにそう呟《つぶや》くと、空気中から次々と湧き出すように赤、青、緑、茶と様々な色の光球が現れ、俺達を囲むように飛び回った。

「綺麗だわ」

たくさんの光の球が、巨木の葉で光が遮《さえぎ》られた空間を縦横無尽に飛び回る。しばらくすると、光球が一箇所に集まり、一斉に弾《はじ》けるように光を撒《ま》き散《ち》らすと消えてなくなった。

「何だろうな、コレ」

「妖精か精霊の類いでしょうね」

直前まで光球が漂っていた空間を見て、サイが呟いた。

「妖精？　精霊？　それって架空のものじゃないかしら？」

ヘルミナが困った顔で聞き返す。

「多分ですが、この次元宇宙はサイが読んでいたラノベのような世界です。ダンジョンや魔獣王がいたのですから、妖精や精霊という存在もいる世界なのだと思います」

と言うと、ルカとヘルミナはどこか納得したように頷いた。


青く輝く惑星の大陸。

日が沈んできて辺りが暗くなりはじめたので野営の準備を開始する。ルカは魔導バーベキューコンロを数台並べて、肉野菜炒《いた》めとスープを人数分作っていく。

アーマー隊員を含めた一行の目の前には、湯気が上がるスープと肉野菜炒め、柔らかいパンが置かれた。

「頂きます」

とサイが言うと、全員で「頂きます」と言って食事を始める。

食後、アーマー隊は二人一組に分かれて警戒と休憩を交代でこなしながら、俺達はルカが淹《い》れたお茶を飲みながらまったりと海辺の上空に輝く星空を見上げている。

「綺麗だな」

タキノにしては珍しくそう呟き、それを聞いたルカが微笑《ほほえ》んだ。

しばらくしてから、俺は皆から少し離れて森の中へと向かい、落ちていた太い枝を風魔法でカットして焚《た》き火《び》をする。

薪《まき》を組んで火魔法で火を点《つ》ける。

ボッ！

と音がして薪に火が移り、炎が大きくなっていく。

その火を眺めながら、収納からビールを取り出して一口飲む。

「ふう」

一息吐いて巨木を見上げる。その巨木は薄《うっす》らと魔力を纏《まと》って発光しているように見えた。ふと気になり鑑定してみると……、

《精霊樹》

と表示された。

すると頭上からヒラヒラと一枚の大きな葉が落ちてきて、差し出した掌《てのひら》に収まる。その葉も薄《うっす》らと発光している。葉を収納し、

「ありがとう」

と呟くと、精霊樹はそれに応えるようにザワザワと枝葉を揺らした。

遥《はる》か頭上の枝付近が発光したように見えると思ったら、何かがユラユラと発光しながら落ちてくる。軌跡を追うように眺めていると枝のようだ。

目の前の高さに来ると止まり、俺が摑《つか》むまでその枝は静止していた。

長さは百五十㎝ほどで、上部分は瘤《こぶ》のようになっていて下にいくほどに細くなっている。それを鑑定してみると……、

《精霊樹の杖《つえ》》

と出た。

摑むと杖が強く発光する。同時に頭の中に杖の使い方が流れてくる。

「凄《すご》いな」

そう呟いて思わず笑顔になってしまう。

「どうしたの？　コウ」

いつの間にか側《そば》に来ていたヘルミナと目が合い、不思議そうな顔で話し掛けられた。

「これを見てください」

「何かしらコレ!?　なんだか凄く……そうね、神気のようなものを感じるわ」

ヘルミナが手渡された精霊樹の杖に驚いた。

「恐らくですが、目の前にある精霊樹が私にくれたんだと思います」

「精霊樹もコウに何かを感じたのね。ふふ、使うの？」

ついさっきまで不思議な体験をした巨木を見上げ、ヘルミナが俺に杖を返しながら悪戯《いたずら》っ子《こ》のような顔で言う。

「う〜ん、そうですね。今までは杖なんてお飾りだと思っていたんですけど、せっかくですから機会があれば使おうかと思います」

と杖を見ながら言う。

「コウが杖を使おうと思うなんて珍しいわね」

「なぜか分からないのですが、いつか必要な時がくると感じたんです」

「そう」

俺は苦笑しながら、ヘルミナを見てそう答えた。

落ちてきた大きな葉に触れた時、温かい何かを感じたのだ。歓迎され、祝福されているような。言葉を交わしたわけではないがそう思う事にした。

焚き火を眺めるヘルミナに収納から取り出したビールを渡す。

「悪いわね」

ヘルミナは笑顔で返してタブをプシュッと開ける。それを美味しそうにゴクゴクと飲む。

「ふう、美味《うま》いわ」

とヘルミナが言ったところでサイ、タキノ、ルカが現れた。

「おっ、ビールかコウ！　俺にもくれ」

焚き火の前にドカリと座ると、タキノは笑顔でコウへと手を差し出す。苦笑しながらもタキノ、サイ、ルカの分のビールを取り出して、ヘルミナにもおかわりのビールを出す。

俺も二本目のビールを飲むと騒いでいる仲間達を見ながら、

「良いですね」

「フフ」

思わずそう呟くとヘルミナが笑う。

そして夜が更けていく。

◯ ◦ ∘ ◦

青く輝く惑星、軌道上の母船内コントロールルーム。
翌朝、コウ達は母船に戻り、シャンバラへと向かう準備をしていた。
《マスター》
「どうしたナブ？」
《探査ポッドが新たに人類種のいる惑星を発見しました》
「モニターに表示出来るか？」
《はい、マスター》
と答えると目の前の大型モニターに惑星が映し出される。
「ナブ、この惑星はどういった惑星なんだ？」

《文明度は次元転移したアレクシア共和国の惑星と同程度で、種族も同等です》

「ふむ」

考え込むとナブが更に報告する。

《探査ポッドが他の惑星も発見しています》

と言うとモニターの画面が四分割されて、それぞれに各惑星が映る。

「この三つの惑星にも人類種がいるのか？」

《はい、マスター。一つ目に表示した惑星と同等です。他にも類似性があり言語や文字も同じです。シャンバラへと向かう進路に沿うように、この四つの惑星があります》

「人類が存在していそうな惑星は、その周辺にないんだろう？　何だか作為的な感じがするな」

モニターを見つめると他のメンバーもナブの話に聞き入る。

《コレらの惑星は、モニター左上から横へ順番にシャンバラへと向かう宙域に並んでいます》

「確定だな」

「ああ、そうだな」

「決まりね」

「何かあると考えるのがいいわね」

と仲間達に言われて決心した。

「次の目的地はここから一番近い惑星にします」

と宣言すると、オペレーター達はナブからの情報をそれぞれのモニターに表示させ、ディープドライブの準備にかかる。

「準備完了しました」

「発進してください」

という言葉と共に母船は空間を潜っていく。


とある惑星。

男が神殿から外へ出て夜空を見上げる。

「何やら星が騒がしいな」

「精霊も落ち着きがない」

後ろから神官がそう声を掛ける。

「月読《つくよみ》はなんと言っている？」

そう尋《たず》ねると神官は首を横に振る。

「そうか」

男は答えると夜空を一瞥《いちべつ》し、神殿の中へと戻っていく。

その後ろ姿を神官は見送ると、

「予言どおりか」

と呟くと夜空に星が流れる。


母船内コントロールルーム。

「目標惑星軌道上に入りました」

オペレーターが言う。

「ナブ、一番栄えている大陸はどこだ？」

コウがナブに確認すると、

《はい、マスター》

と目の前のモニターに大陸が表示される。更に空間にいくつも画像が表示される。

「ダンジョンもあるのか」

「本当にアレクシア共和国の惑星と同じような惑星ね」

タキノが嬉《うれ》しそうに言うと、ヘルミナはモニターを確認しながら言った。

「おかしなもんだな。普通、これだけ距離が離れている惑星なら文明も色々と変わってくるもんだがな」

「サイ、多分ですがそれにもシャンバラが関わっているのでしょう」

「なら行くしかないわね」

とルカが楽しそうに笑う。

第二章　道標の惑星トリステア

惑星トリステア、マルドア大陸、ナルンケ王国内。

俺達《たち》はマルドア大陸にあるナルンケ王国にいる。

母船から降下しようとする前にどういうわけか突然モニターに惑星トリステアと出て、同じように大陸の名前や王国の名前も表示された。

これは何かあると感じ、すぐに大陸に降り立ったのだ。

「どうしたルカ？」

サイが首を傾《かし》げているルカに問うと、

「う〜ん、目の前にある村の名前はアルト村だって母船で表示されたのよね」

と難しい顔をする。

「シャンバラから何らかの影響を受けていると考えるべきですね」

「そうね、色々と見て何か兆候がないか見逃さないように行きましょう」

ヘルミナがそう言って村へと歩き出す。

俺達が進むべき場所へと導かれているような出来事が起きている。

今はその道標《みちしるべ》のようなものに従って前進していくしかない。

アルト村に入る。

村人に話を聞くと近くに小規模ながら優良な素材が取れるダンジョンがあり、小さい冒険者ギルドの支店に多くの冒険者が集まり、村は潤《うるお》っているのだとか。

村人達の表情は明るく、たくさんの子供達が走り回っている。辺境の村にしては活気がある。

宿に入ると一階は食堂と受付で二階と三階が宿泊室となっている。

「お客さん達は食事かい？　それとも宿泊かい？」

宿の女将《おかみ》に声を掛けられる。

「とりあえずは先に食事をしたいのですが宿泊も頼めるかしら？　三人部屋と二人部屋があるといいのですが」

「それなら空いているよ。こっちで受付をしておくれ」

ヘルミナが返すと、女将はそう言って受付カウンターの中に入り、宿泊名簿を出してきた。

代表としてヘルミナが記入してお金を払う。

驚いたのは、次元転移した惑星のダンジョンで稼いだお金がこの惑星でも使えた事だ。

これには全員顔を見合わせて、シャンバラが確実に関わっていると確信した。

「あんたらもダンジョンに潜るのかい？」

「う〜ん、今のところは考えていないわ。目的地は王都なのよ」

「そうかい、たしかに今から王都へ向かえば生誕祭に間に合うね」

と女将は楽しそうに笑う。

「生誕祭？」

「うん？　あんた達、生誕祭を知らないのかい？　生誕祭はこの国を興《おこ》すのに手を貸した大精霊様が生まれた事を祝う祭りだよ」

「大精霊？」

「そんな事も知らないのかい？　どんな山奥で暮らしていたんだい」

女将が呆《あき》れながら部屋の番号が書いてある鍵を渡してくる。

「それでまずは食事でいいのかい。今の時間は定食しか出せないよ」

「それで構いませんわ」

受付を済ませた俺達は食堂のテーブルに向かう。

テーブル席を確保し、食事が出てくるのを待つ。

「大精霊、ですか」

「コウが前の惑星で精霊と出会ったように、それもシャンバラが関わっているのかしら」

「情報が少なすぎますね。その辺も探査ポッドを使って調べてみましょう」

俺は念話でナブへと指示を出す。

そこに定食が人数分運ばれてきて、タキノが誰よりも早く定食に手をつける。

「なかなかイケるな」

タキノは満足そうに具沢山なスープを飲み、柔らかいパンを食べる。

「ああ、たしかにこの定食を食べると、この村がある程度裕福なのが分かるな」

サイも定食を食べながらそう言った。


翌日。

一行は村を出て、王都へと続く街道を進む。

「街道も整備されているわね」

ルカが街道を踏みしめながらそう言った。

「歩きやすいが、辺境だというわりに魔獣の類いの気配があまりしないな」

タキノが剣を肩に乗せながら周りの森を見渡す。

「これは私の推測ですが、魔獣が少ないのはダンジョンが関係していると思いますよ」

「どういう事だ、コウ？」

「ダンジョンが周囲の魔力を吸い上げて、ダンジョン内部にしか魔獣が出現しないようにしているのかもしれません。だからダンジョン以外の場所には魔獣が少ない、って感じです」

「たしかに次元転移したアレクシア共和国の惑星でも、地表にいる魔獣は少なかったわよね。例外はあのスタンピードだけど」

ルカが思い出すようにそう答える。

「ええ、あのスタンピードの魔獣は魔獣族の召喚魔術によって生み出されたものだと思います。ですからこの……」

そう言いかけた時、前を歩いていたヘルミナが振り返った。

「そうだとすると、この惑星のダンジョンもシャンバラが用意したものなのかしら？　例えば、人々が魔獣に脅かされない生活が送れるようにダンジョンによって魔獣の出現を抑えて、探索で得られる資源も活用出来るようにした、とか」

「多分、そうじゃないかと考えてます」

と答えながら王都へと向かう街道を踏み締める。


ナルンケ王国、王都ナルカン郊外。

「あれが王都か」

サイは眩《まばゆ》い陽《ひ》の光に目を細めながら王都ナルカンの街並みを見下ろす。

ここまで辿《たど》り着《つ》くまでに、俺達はいくつかの村や町を抜けてきた。

そして今、この王都を見下ろせる郊外の丘の上で休憩を取っている。

この王都はもちろんの事、どの村や町にも外敵の侵入を防ぐような防壁などはなかった。それほどに魔獣の被害が少ないのだろう。

「そういえば、次元転移した惑星では全てではないけど街を守る城壁はあったわよねぇ」

「あそこで聞いた話だと、街を守る城壁は魔獣王軍に対抗するものだったらしいわ」

「そうか、そういえば魔獣王なんてのもいたわね。母船で一発だったけども」

ルカがにこやかに笑う。

「私達には簡単でも、地元民からしてみれば強敵だったのかしら」

「そうかもね」

とルカが苦笑する。

「そろそろ行くか」

ぱんぱんと土を払ったタキノが立ち上がり、それに続いて俺達は街道を歩き出す。


王都内に入ってしばらくすると、何かを通った感覚になる。

「うん？　何かを通過したか？」

「結界の類いでしょうね。害意は感じませんでした」

サイが疑問の声を上げ、俺がそう答えると……、
ゴーン！　ゴーン！

と鐘の音が鳴った。

家や店から住民が何だ何だと道に出てきて騒ぐ。

住民にそれとなく聞いてみるも分からないと答えられ、とりあえずそのまま進む事にした。

王都ナルカン、中央神殿。

「来ましたか」

高位の神官がそう呟《つぶや》くと、バタバタと足音を立てて扉が開かれる。

「イグリス神官様。予言の使者と見られる一行を確認しました」

「そうですか。ここまで誘導してください」

「はっ」

と男は出ていく。

「これでいいのですね。大精霊様」

イグリスは外を眺める。

王都ナルカン、中央広場。

「うん？　誰かに見られているな」

「大丈夫ですよ。タキノ」

「そうか」

タキノは警戒を緩めて「ふう」と息を吐く。

そこに、神殿の関係者と見られる服を着た男に呼び止められる。

「私は神殿で神官を務めている者です。お話を聞いていただけますか？」

「何用かしら？」

「はい、詳しくは神殿へお越しいただければ嬉《うれ》しいのですが」

「どうしてかしら？」

ヘルミナは腕を組んでその男を見る。

「神殿の結界を通った際に、あなた方が予言に記された方々だと特定されました。そのお話も含めてお伝えしたい事があるのです」

男は頭を下げる。

「行きましょうか」

と言うと他の四人は楽しそうに頷《うなず》く。


神殿に到着すると奥へと通され、大きな扉の先へと案内された。

装飾が施された薄茶色の石壁を、窓から差し込んだ光がほのかに照らす。

「ようこそいらっしゃいました。予言に記された方々よ。私はイグリスと申します」

両手を広げた神官と思われる者に出迎えられた。

「どういう事だ？」

タキノがイグリスを睨《にら》みながら問う。

「予言とは創世の書に出てくる予言の事で、大精霊が去った後必ず星を渡ってくる者が現れるというものです。そしてあなた達が現れた。それも神殿から発せられる見極めの結界に反応があり、鐘が鳴り響きました」

イグリスは膝をついて頭《こうべ》を垂れる。

「俺達がその予言に記された者だとして、だから何なんだ？」

サイがイグリスへと問う。

「はい、予言に記された方々が現れた時は地下の祭壇に案内するようにと書かれています」

手で示された先には、地下へと続く階段の入り口が見えた。

普段は立ち入りを禁じられているのだろう。

イグリスが入り口へ向かい、その鉄格子にかけられた錠に鍵を差し込んで、跪《ひざまず》く。

「これはきっと、私達がシャンバラの子孫という事で結界が反応したのでしょうね。そして地下の祭壇に行けば……」

と言いかけたところで、後方から勢いよく開かれた扉の音がした。

「おお、この者達が予言に記された者達か」

先頭を歩く豪奢《ごうしゃ》な服を着た男がそう言うと、その後ろに十人の騎士が続いて入ってくる。

「陛下！」

イグリスがそう言って立ち上がる。

「何だ、こいつら」

タキノは警戒して腰の剣へと手をかける。それを見た騎士は陛下と呼ばれた男の前に出て剣を抜く。

「ほう、やる気か」

とタキノは目を細めて殺気を放つ。

「ぐっ！」

と呻《うめ》き声《ごえ》が聞こえたかと思うと、騎士十名と陛下と呼ばれた男が膝をつく。

騎士達は何とか立ち上がろうとするが、タキノは更に殺気を強め騎士達はバタバタと口から泡を吹いて倒れた。

陛下と呼ばれた男は何とか気を保って顔を上げるが、立ち上がる事は出来ない。

「そこまでにしてもらえませんか？」

後ろからイグリスの声が掛かり、タキノは殺気を収める。

コウ、サイ、ルカ、ヘルミナは厳しい表情でイグリスを見る。

「陛下はこの国の王です」

「だから何だ？　俺らは、この国の住民ではない」

サイは睨むようにイグリスを見つめ続ける。

「そうですが、しかし……」

「ならこの国を滅ぼせばいいのかしら」

とヘルミナが笑みを浮かべる。

「そ、そんな事が出来るはずは……」

「やってみますか」

とルカが神官を睨む。

「もう良い」

肩で息をしながら陛下と呼ばれた男がそう口を挟んだ。

「しかし……」

「いいのだ。ワシらは元々予言には関係ない。話を進めよ」

陛下と呼ばれた男は目を瞑《つぶ》り、息を整える。

「分かりました。こちらへ」

イグリスは地下へと続く階段を降りていき、俺達も後ろに続く。

階段を降りた先には広い空間があり、奥に祭壇が見え、その上に黒い石板が浮いていた。

「あちらが祭壇です。私達はここまでしか近づく事が出来ません」

イグリスはそう言って足を止めたが、俺達は構わずに祭壇へと近づく。

すると、何かの膜を通ったような感覚がした。

《よくぞ来ました。次元を超えた子孫達よ》

前方の石板から声が聞こえた。

祭壇の上に浮いている石板が光り、部屋を明るく照らす。
《ここは道標の惑星であり、最初の道標となります。シャンバラへ辿り着くまでにはいくつもの道標があり、あなた達はそれを辿りシャンバラを目指すのです。そうすればあなた達がなすべき事が少しずつ分かるでしょう》
するとと石板に映像が浮かぶ。
《これが次の道標となる惑星です。目指しなさい。さすればシャンバラへと至るでしょう》
そう言い終えると石板は光を失う。
「ナブ、映像は記録したか？」
《はい、マスター。記録しました。……探査ポッドからの情報と照合すると、残り三つの惑星の内の一つです》
「そうか分かった。光学迷彩を解いて母船を降下させてくれ」
《はい、マスター》
「行きましょうか」
と四人に声を掛け、階段を上っていく。

ナルンケ王国、王都ナルカン内神殿前。

神殿地下から階段を上り、神殿前へと戻ってきた。

しかし、槍《やり》を構えた兵士約二百名と、剣と盾を構える騎士二十名が俺達の行手を阻んだ。

「不届き者達め、止まれ！」

タキノが気にせず前へと歩み出ながら、周囲に殺気を放つ。

怯《ひる》んだ兵士は後退《あとずさ》りするが、少し離れている騎士が叫ぶ。

「怯むな！　抵抗するなら排除しろ！」

タキノがニヤリとした瞬間、身体《からだ》がブレ、残像となった。

「シッ！」

目にも留まらぬ速度で移動して抜剣。兵士の槍数本を叩《たた》き切《き》った。

「ヒィィィ！」

槍を斬られた兵士達は次々と尻餅をつく。タキノが立ち止まって肩に剣を担いで辺りを見渡すと、見られた兵士達はゴクリと唾を飲み込む。

すると突然、辺りが薄暗くなる。

兵士の一人が頭上を仰ぎ見ると、巨大な何かが王都の上空に浮いていて、白い石畳の上に大きな影を落とす。

「何だあれは！」

兵士が指を差して言うと、他の兵士と騎士達も一斉に上空を見上げ、口を開ける。

しばらく兵士と騎士達が頭上で浮いている巨大な何かを見ていると、そこから人型の何かが排出されてこちらへと降下してくる。

体高が数mもあるその人型の何かはゆっくりと降下し、兵士や騎士達の周りに着陸した。

その数六機。

兵士や騎士達はコウ達に目もくれず、背を向けて大きな人型の何かと対峙《たいじ》する。

その間にコウ達はルカが出した結界に乗り、空中へと上昇していく。

それに気がついた兵士が声を上げるが、大きな人型の何かが一歩前進すると、兵士と騎士達は後退りする。

コウ達が上空で停止している母船へと入っていくと、兵士と騎士達を取り囲んでいたアーマー隊六機も母船へと帰還した。

◯
◦
◦
◦

王都ナルカン、神殿内。

「宰相の差金であろうな」

ナルカン王は苦い顔をしてイグリスに声を掛ける。

「下手《へた》を打ちましたな。これでもう彼らはここには戻りますまい」

とイグリスは諦めの顔をする。

「そうだろうな」

ナルカン王も苦い顔をして神殿の外へと目を向ける。

「それで地下の祭壇ではどうであった？」

「はい、彼ら全員結界に入る事が出来て、祭壇とその上にある石板が反応し、彼らに何かを啓示したようです」

とイグリスは中空を見ながら答える。

「そうか、それでは啓示が何だったかは聞けぬの。だがこれで宰相を追い詰める事が出来る。もし彼らがその気になってたら王国は滅亡していただろうからな」

とナルカン王は神殿を出ると上空を仰ぎ見て、徐々に小さくなっていく巨大な何かを眩《まぶ》しそうに見つめた。

◯
◯
◦
◦

魔導国エリオリアン、首都エリオン。

「俺は来週からトルドア王国にあるリンドルンガへ行くぞ」

ドワーフのドラガンは腕を組んで、目の前に座る主任研究員のロランへと告げる。

「トルドア王国とは国交が樹立されたばかりですが、よくトルドア王国行きのチケットを手に入れる事が出来ましたね。伝手《つて》でもあったんですか」

ロランは頭を掻《か》きながら、そうドラガンに尋ねる。

「ああ、その事か……それはな、コウの名前を出したらすぐに許可が下りた」

「……ひょっとして、コウさんはトルドア王国で有名人なのですか？」

「ああ、ここに飛んでくる飛空艇もコウが作ったものだそうだ」

「な、なんと！　あの飛空挺をですか？」

「そうだ。それでリンドルンガにはコウから飛空挺などの技術を受け継いだ者達がいるらしい」

「そうですか。それなら私もリンドルンガへ行く事を検討しなくてはいけませんね」

ロランは頭を悩ます。


惑星アイア、日本。

「磯山《いそやま》、こっちだ」

逸見《いつみ》は焼肉店の店内に入ってきた磯山を個室へと手招きする。

「遅れてすまない。急用が入ってな」

「お連れのお客様がいらっしゃいましたー！」

「「いらっしゃいませ！」」

磯山が個室の席に座ると、店員がテーブルにビルトインされている焼肉コンロに手際良く火を点《つ》けていった。逸見は出ていこうする店員を呼び止め、生中を二つ注文する。

「逸見、それで今回はなんで俺を呼んだんだ」

磯山は、少しめんどくさそうに逸見にそう問いかける。

「あ～、あのな……」

逸見が何か言いかけたところで生中が届き、適当に食事の注文をする。

乾杯をした後に磯山は生中を一口飲んで、再度問いかける。

「それで何だ？」

「ああ、あれだ……婚約した」

逸見は照れたように生中をゴクゴクと飲む。

磯山は呆れた声を出して逸見を見る。

「はぁ？　こんな時にか？」

「ああ、運命の出会いだ」

逸見は真剣な表情でそう言うと、そこに注文した上カルビや上ハラミ、オイキムチなどが届く。

ふうと磯山は息を吐き出して上カルビを網の上に載せると、そこからジュ～という音がする。

その音が個室に響きながら、二人の間に沈黙が流れる。

「で、相手は誰だ？　俺の知っている奴《やつ》か？」

磯山は諦めたように聞く。

「そ、それなんだがな……ハーフドワーフの女の子だ」

「はぁ!?　ドワーフ族の子だと！　そういう趣味か？」

「ち、違う！　たまたまコウくんの所からアーマー類の整備や運用指導のために派遣されてきた子だ」

逸見は慌てて訂正するが、磯山はジト目で目の前に座る逸見を見る。逸見の顔は真剣だ。

「はぁ～、そうか逸見……実は俺もエルフの女性と付き合い出した」

「えっ！　エルフの女性だと！」

逸見はテーブルから身を乗り出す。

「そ、そうだ」

「馴《な》れ初《そ》めは？」

「ああ、それはな、お前と同じでコウくんの所から魔法指導のために派遣されてな……まぁ、世話をするうちにな……」

磯山は遠い目をする。

「そうか」

逸見がそう言うと、二人して溜《た》め息《いき》をつく。

第三章　二つ目の道標の惑星デルマ

二つ目の道標《みちしるべ》の惑星軌道上、母船内コントロールルーム。

「目標惑星軌道上へと到達しました」

とオペレーターが報告する。

モニターに映るその惑星にはやはり人類種が存在しているようで、一つ目の道標であったトリステアと似たような惑星だった。

「ナブ、探査ポッドからのデータは？」

《はい、マスター。データは十分揃《そろ》っています》

「そうか、では惑星トリステアと同じような条件に当てはまる大陸と国を選定してくれ」

《はい、マスター》

ナブが答えると、モニターに選定された大陸と王国が投影された。

すぐに〝惑星デルマ・アクトリア大陸・アクリア王国〟と表示される。

「今回も惑星名と大陸名、国名が表示されたという事は、ここにも何かがあるのは間違いないですね」

コウは表示を見ながらそう言う。

「う〜ん、一つ目の惑星トリステアとは少し違ったところがあるわね」

「うん？　どこですか？」

惑星のデータを見ていたルカがコウにそう指摘した。

ルカが端末を操作すると目の前のモニターが切り替わり、データが表示される。

「ここよ」

内陸のダンジョンや資源で潤っていた惑星トリステアとは異なり、点在する沿岸部の港に停泊している船舶の数が多く、惑星デルマの方がより漁業が盛んである事が窺《うかが》えた。

「なるほど、たしかに船舶が多いですね。海に魔獣がいないのでしょうか？」

コウはデータを見ながらルカに問う。

「そうよ、こっちのデータを見て。ゼロではないけど極端に少ないし、いたとしても何て事ない魔獣ね」

ルカはモニターを増やして別のデータを表示しながらそう答えた。

「そうか、だからこれから行くアクリア王国も海沿いにあって、栄えているんですね」

惑星デルマにある王国の分布図を見ながら、コウは納得する。

「特にこれから行くアクリア王国は、海軍の勢力が強くて魔導艦を多く所有しているみたいだから、軍が海を制しているみたいよ」

モニターが切り替わると、いくつもの魔導兵器を積んだ艦艇が映し出された。

「それなりに魔導工学が進んでいるのかしら？」

ヘルミナがモニターを見ながらルカにそう問う。

「う〜ん、軍艦に関する魔導工学は進んでいるみたいだけど、民間にはあまり恩恵はないようね。海軍とは違って帆船が多いし」

ルカは新たなデータを確認しつつ、ヘルミナにそう答える。

「後は降りて確認するしかない、という事だな」

タキノは嬉《うれ》しそうに言うと、コントロールルームを出ていった。

その後ろにサイが苦笑しながら続き、コウもやれやれと肩を竦《すく》めてあとを追う。

ルカとヘルミナも顔を見合わせると笑い、オペレーターに着陸の準備を任せてコントロールルームを出ていった。

◎ ◎ ◦ ◎

アクリア王国、港町ノリア近郊、海岸。

コウ達《たち》は光学迷彩で隠蔽された小型艦で海岸に降り立った。

港町ノリアの方を見ると、多くの漁船が停泊している影が遠くに見える。

「とりあえず行くか」

と楽しそうなタキノを先頭にして歩き始める。

しばらく歩くと港町の入り口に到着した。特に見張りの兵士もいなく、検問を受けることなく簡単に町の中へと入る事が出来た。

「おっ、あれを見ろよ。日本にあった自動車と似ているな」

タキノが指し示す車体を見ると、ズングリとした魔導車が港町を走っていた。

海の景色と調和した綺麗《きれい》な港町に似つかわしくないようにも見える。

「きっと船の動力の応用ね」

ルカが魔導車を見てそう答える。

「ただ、何というか……不恰好《ぶかっこう》だな」

サイが率直な感想を述べた。

狭い路地を歩く住民が、魔導車が通るたびに民家の壁に背中をくっつけている。まるで戦車が無理に路地を通過しようとするような光景だ。

「ふふふ、そうね。動力の小型化まで進んでいないようね」

ヘルミナが笑いながらサイに返す。

「何だかチグハグですね。港町の建物は素朴で魔導ランプなどが見られませんし、まるで魔導車だけに魔導工学の技術を応用しているみたいです」

コウは港町の中を見渡しながらそう言い、限定的に進んだ技術と港町の様子の格差に首を傾《かし》げる。

「きっと、他国への情報漏洩《ろうえい》を気にして技術が市井《しせい》にまで降りてこないのね」

「軍事国家なのでしょうね」

コウとヘルミナの会話を聞いた他の三人が頷《うなず》く。

「ノリアに兵士がいないのは、自信の表れなのかしら？」

「というよりも、ルカが母船で見せてくれたデータだと、この近くには他国が存在しないようだからな」

「たしかにそうね」

冷静に話すサイの言葉にルカが納得した。

「皆、まずは宿を探しましょう。その後、情報収集も兼ねて散策してみるのはどうかしら」

とヘルミナが言うと、一行は賛成とばかりに港町の奥へと歩き出す。


アクリア王国、港町ノリア。

コウ達は宿を取ると、港町を散策した。

住民達で賑《にぎ》わう市場の通りに出たようで、潮風の中に肉の焼ける美味《おい》しそうな匂いが漂っていた。

「港町にしては肉類も多いわね」

「そうだな。海の幸も豊富にあるし、どれも値段が安い」

ルカとサイが市場に並んだ品々を見て、目を輝かせている。

今は昼時を迎える前のような時間帯で、商店の前に集まる人々が大きな買い物かごを持ちながら、慣れたように買い物をしていた。

「市場に来ている人達も着ている服が上等だし、何より表情が明るいわね」

ヘルミナは人々を見渡してそう呟《つぶや》く。

「ええ、この辺は戦火に巻き込まれる事もなさそうですし、平和なのでしょう」

「そのようね、コウ。ねえ、あれを見……」

仲間達も少し浮き足立つようで、興味の先を示そうとしたヘルミナの言葉が喧騒《けんそう》の中に消えていく。

◎◎◎◎

アクリア王国、王都アクリアス。

「遺跡にて異変がありました」

「うん？　何が起きている？」

豪奢《ごうしゃ》な椅子に座った男が聞き返す。

「はっ、遺跡の最奥にある祭壇が発光し始めました」

「何！　それはまことか！」

「はい」

と男が頭を下げた。

「口伝は本当の事だったのか？　いや、まだ分からんか……王都の各ギルドに通達しろ。見かけぬ者らが訪れたら即刻王宮に連絡せよと」

「はっ」

男はすぐさま部屋を出ていく。

「ふむ、口伝が確かならば、ちと厄介だのう」

豪奢な服を着た男は椅子から立ち上がり、顔を顰《しか》めながら窓の外を見た。

港町ノリア。

《マスター》

「どうした？　ナブ」

《微《かす》かですが、シャンバラのものと思われる反応を検知しました》

「そうか、それで場所は？」

《王都アクリアス近郊にある遺跡の奥からです》

「アクリアスの場所は？」

《ここから町を二つと、村を三つ越えた先にあります》

「分かった」

コウはナブとの会話を切り上げると、仲間達に状況を伝える。

「皆聞いてください。ナブがシャンバラのものと思われる反応を検知しました」

「ほう、それは俺らがこの星に降り立ったからか？」

「その可能性が高いわね」

タキノの言葉にルカがそう返した。

「コウ、もちろん行くわよね」

「もちろんです」

ヘルミナにそう答え、ナブから詳細な地図データを手に入れる。

「この地図データから予想すると、ゆっくり行っても七日程度か？」

サイが無邪気な子供のような表情で、楽しそうに言った。

「おう、何か楽しそうな事が起きそうだな」

とタキノも笑顔になる。

「ああ、冒険心がくすぐられるというか、地図を辿《たど》って遺跡を目指すなんて、まさに旅をしているようだからな」

サイとタキノがニヤッとしながら盛り上がる。

「本当にアンタ達二人は楽観的ね。興味優先で後先を考えないというか……」

はぁ～とルカは溜《た》め息《いき》をつくと、ヘルミナがまあまあと肩を叩《たた》く。

「ふふ、本当にブレないわよね。でも私もワクワクしているのよ。だから、あの二人に代弁してもらっているような、そんな感じかしら」

「ヘルミナがそう言うなら、いいのかしら。まぁ、私も楽しみに感じているし……」

そんなやりとりを見ていたコウは、ルカが一瞬フライパンを手に取ろうとしていたのを見逃さなかった。

「じゃ、今日は宿に泊まって、明日朝には出発だな」

タキノは先頭に立って宿へと歩いていく。

コウとヘルミナは顔を見合わせて苦笑するとタキノの後に続く。

サイとルカもそれを見て歩き出した。

◯ ◯ ◯ ◯

アクリア王国、王都アクリアス近郊。

「あれが王都か」

「なんかワクワクするな」

サイが目の前に広がる都市を見ながら、相変わらずタキノが笑顔で乗っかる。

ルカはそんな二人を見つつ溜め息をついて、

「タキノ、絶対に問題起こさないでよ」

と言うが、タキノは笑うだけ。

ヘルミナとコウは顔を見合わせて苦笑しながらタキノ達に続く。

でも、ルカがフライパンに触れようとしなかったのが、微笑《ほほえ》ましくも感じたのであった。

◯ ◯ ◯ ◯

王都アクリアス、王城、アクリア王執務室。

「陛下、高位の魔術師と思《おぼ》しき見慣れぬ集団が王都内に入ったと、ただいま報告がありました」

「そうか、監視は怠るな」

アクリア王は厳しい顔してそう返し、跪《ひざまず》いていた男は頷いて執務室を後にする。

「時が動き出したか」

虚空を見つめながらアクリア王は呟く。


王都アクリアス近郊、古代遺跡。

「こ、これは」

古代遺跡内の結界に覆われた祭壇を監視する学者達が嘆息する。

学者達の目の前にある祭壇から光が発せられて、辺りを照らしたのだった。

「これが言い伝えどおりならば、導かれし者が現れたということか……おい！　早急に王へと知らせよ」

「はっ！」

兵士が駆けていく。

「これが吉兆となれば良いが」

学者の一人が光り輝く祭壇を見ながらそう呟いた。

王都アクリアス、宿。

《マスター》

「どうした、ナブ」

《シャンバラに関係があると思われる反応が強まりました》

とナブが報告すると、コウの目の前に古代遺跡上空からの映像が映し出される。

「ここか」

王都を含めた地図が表示され、古代遺跡までのルートが示される。

「ナブ、全員にこのデータを見せてくれ」

《はい、マスター》

ナブの声が途切れるとコウは寝転がっていたベッドから起き上がり、部屋を出ていく。

宿の一階にあるラウンジに下りると、既にヘルミナとルカが席に着いていてナブから届いたデータを検証していた。

「あらコウ、あのデータの件よね？」

ヘルミナがコウを見つけて声を掛けると、コウも席に座る。

「ナブが送ったデータのとおり、反応に変化があったらしいんです」

と言い、ウエイターに紅茶を注文する。

「コウ、気がついている？」

「ええ、監視されていますね」

ルカが小声で言うと、コウは顔色を変えずに答えた。

そこにサイとタキノもラウンジに下りてきて、同じ席に着く。

「楽しくなってきたな」

タキノは席に座るなりそう言うと、周りを見渡す。

横に座ったサイはタキノの態度に肩を竦《すく》めると、コウの紅茶を見て同じものを注文した。

「それでどうする？」

タキノが前のめりに聞く。

「明日朝から行動しましょうか」

とコウが答えると全員が頷く。

サイは運ばれてきた紅茶を啜《すす》る。

「監視している奴《やつ》らはどうする？」

「やっちまうか？」

とタキノが笑顔でサイに答える。

「それは王都を出てから考えましょう」

「コウ、監視するなんて既に俺らに対して敵対しているようなもんだ。やろうぜ」

満面の笑みでタキノはコウにそう言う。

すると、ルカの背面からオーラが立ち上った。

まずい。いや、いつもの事なんだけど、昨日の微笑ましい光景が一気に崩れていく。

「タ～キ～ノォ～」

ルカがフライパンを握りしめる。心なしか、いつもよりギュッと固く握った音が聞こえた気がする。はぁ……。

それを見たタキノは「ヤベェ」と言うと慌てて席を離れ、サイとヘルミナが苦笑した。

◯ ◦ ◦ ◦

王都アクリアス近郊。

コウ達五人は朝早くに宿を出て、シャンバラに関係があると思われる遺跡を目指していた。

「ふわぁ～」

タキノは目尻に涙を浮かべながら欠伸《あくび》をし、先頭を歩く。

「ついてきているわね、コウ」

最後尾を歩くヘルミナが後ろを振り返らずに話し掛ける。

「まぁ、問題ないでしょう。何かしてきてから対処しても遅くないですし」

とコウが言うと、タキノは任せろと言わんばかりに腰にある剣をご機嫌に叩いた。

それから一時間ほど歩くと、遺跡が見える所までやってきた。

「うん??」

タキノは何かを感じ取ったのか、遺跡の背後に聳《そび》える二千mほどの山の頂上を睨《にら》みつける。

「タキノ、感じましたか？」

「ああ、感じた。こんなに離れてるっつうのに、確実にこっちを意識してやがる」

コウも山頂を見つめて声を掛け、タキノは目を細めて腰にある剣の柄《つか》を握りしめる。

「何？　どうしたの？」

ルカがコウとタキノを交互に見て問いかけるが、二人は声を発さず山頂から目を離さない。

「こ、これか」

とサイも山頂を見てそう呟くと、ヘルミナも何かに気付いたようだ。

最後に遅れてルカも何かを感じ取った。

「何かしら？　圧迫感のようなものを感じる？」

「コウ、どうする？」

タキノは山頂から目を離さずにコウに問いかけると、

「行ってみましょう」

とコウが答える。

他の面々も頷いて、止まっていた歩みを再開させた。

王都アクリアス、王城。

「なんだと!?　その者らは遺跡には入らずに背後の山へと入ったというのか？」

「はい、陛下」

報告に来た兵士は畏《かしこ》まりながらそう答える。

「どう思う？」

「今はなんとも言えません」

王は隣にいる宰相へ問いかけると、困惑したように答える。

「あの山に何かあったか？」

「いいえ、特に何かあるとは聞いた事がありません」

「あ、あの」

王の問いに対して宰相が答えると、兵士が口を挟んだ。

「何だ？」

「噂《うわさ》程度でよろしければ、知っている事があります」

「何でも良い、言ってみよ」

王が興味を示す。

「一年ほど前からの噂で、あの山の頂上に剣聖が住んでいると巷《ちまた》では言われています」

「剣聖というとアルドか……」と宰相が呟き、

「かの者がまだ存命だと？」と王は首を傾げる。

「生きていれば、とうに百は超えています」

と宰相も疑念を持つ。

「ええ、ですが商人が剣聖アルドと山頂で食料などの取引をしたとの噂が流れております」

「ふむ、その取引をした商人が誰か分かるか？」

「はい、たしか王都にあるナラガンガ商会の者だったかと」

と兵士は宰相の問いに答える。

「そうか、誰かその商会に使いをやって事の仔細《しさい》を確かめよ」

王のその言葉により、兵士は執務室を飛び出していく。

「剣聖と、言い伝えの者達か……」

王は窓から見える遺跡の背後の山を見つめながらそう呟く……。


アクリアス近郊、遺跡背後の山、頂上付近、タキノ。

山頂付近から感じる圧は、この先にある。

チラリと隣を歩くコウを見ると、同じく山頂付近を見ている。

間違いない。何かがいる。

後ろを歩くサイを見てみれば、俺らを面白そうに見ている。

最後尾を並んで歩くヘルミナとルカは楽しそうに喋《しゃべ》りながらついてきている。

呑気《のんき》なものだ。この先にいる奴の気配は只者《ただもの》ではない。

「あれですか」

隣にいるコウが前を見たままそう呟く。

俺も慌てて見ると、たしかにアレが圧の原因だろう。

殺風景な山頂に冷たい風が吹くなか、座っていた男がこちらに気付いて振り返ろうとしていた。

近づくと、その男は六十過ぎの老人に見えた。

山頂の入り口付近に到達すると、ジジイは笑いながら話し掛けてくる。

「カカカ、よく来たな。このおいぼれ爺《じじい》の圧に負けずにな」

ジジイは圧を更に強める。

「ジジイはジジイらしく大人しくしていろ」

「ほう、お主もなかなかやりおるのお」

近づくと、ジジイが目を細めた。

横にいるコウを見ると、こちらを見ずに頷く。

フフフ。やるしかねえな。

俺は一歩前に出ると剣の柄に手をかける。

「カカカ、やる気か」

「おうよ！」

と答えてやる。

「なるほどのお」

ジジイは他の面々に一瞥《いちべつ》くれると、俺と対峙《たいじ》する。

みんなは少し離れて見守るようだ。

「いつでもいいぞ、かかってこい」

と楽しそうにジジイはホザく。

俺はスリ足でジリジリと間合いを詰めながら、ジジイへと向かっていく。

ふと、空気が澄んだように弛緩《しかん》する。

瞬間、急激に魔力を身体《からだ》へ循環させて身体強化を発動する。

「シッ！」

裂帛《れっぱく》と共に抜剣！

ジジイの魔力が膨らみ、相手も身体強化をしつつ俺の剣に反応する。ほぼ俺と同等の速さでジジイが抜剣。

キンッ！

剣同士が当たる音が響く。剣で防がれたというよりも受け流された。霞《かす》むジジイの身体を探知魔法で把握しつつ身体を動かす。

「ほっほっほ。この動きに対応するか」

ジジイは嬉しそうだ。余裕をかましやがって、くそっ。

「くっ！」

ジジイの剣が視覚を欺き、迫る！　なんてジジイだ。頭上を過ぎる刀身を感じながら身体を反転させて剣を横に振るうが、ジジイは剣の到達範囲から即座に離れる。

「ほっほっほ。まだまだ修業が足りんのお」

ジジイは涼しい顔でこちらを見る。

俺は魔力を絞り出して身体強化を更に強化する。

ズンッ！

踏み込んだ地面が圧に耐え切れずにヒビ割れる。ジジイの余裕の表情を必ず消してみせる。

が、無情にも剣は空を切る。

「なるほど。気力はワシよりも上か。でものお……」

ジジイの身体がブレたと思った途端、掻《か》き消えた。いや、目での反応が追いつかないんだ。探知魔法でその存在を感知する。

ギンッ！

何とかジジイの剣を防ぐ。このままではダメだ。俺は鞘《さや》に剣を戻し、目を瞑《つぶ》ってジジイの気配に集中する。

「そこか」

俺はジジイの気配を追って抜剣。

「シッ！」

俺の剣はジジイの上着を軽く切り裂いたが、ジジイは無傷だ。

「ほう！　やりおるわ！」

とジジイはホザいて、更に身体を加速させる。

こいつ、どこまでが限界なんだ！

○○。○

山頂、ヘルミナ。

「あのお爺《じい》さん、私達よりも魔力は低いけれど、探知や魔力の使い方が凄《すご》いわね」

目の前で繰り広げられる剣戟《けんげき》は予想を上回る情景だ。あのタキノが翻弄されている。

「ああ、あの爺さんは必要な時に必要なだけの魔力を纏《まと》っているな。このままではタキノの方が先に魔力が尽きる」

サイが隣で冷静に分析する。

目まぐるしく展開される剣戟に目が離せない。その後に数合、剣を合わせるとお爺さんが足を止めて少し離れたところからこちらを向く。

「して、お主らはここへ何しに来た？」

少しニヤつきながらそう尋ねてきた。

コウと私は顔を見合わせる。

「少し不自然な気配を感じたから、ここに来たのよ」

「そうかそうか」

お爺さんは楽しそうだ。それに比べて対峙するタキノは肩で息をしていて、お爺さんを睨んでいる。彼が魔力を使い果たしたら、きっと……。

「もう行くのか？」

お爺さんは少し寂しそうに言う。

「ええ、麓の遺跡に用事があるので」

「ふむ、ワシもあの遺跡には何度か入った事がある。これも何かの縁よのお、案内するぞ？」

と言って剣を収めて山を降り始めた。

それを見たタキノは見るからに不満そうだ。

「チッ！」

剣を収めるとタキノが後に続く。

サイとルカはどこか楽しそうにタキノの後を歩いていく。

コウを見ると彼も肩を竦《すく》めて苦笑し、後に続いていった。

王都アクリアス近郊、遺跡入り口。

「ここが遺跡の入り口じゃ」

アルドが指を差す。

「入り口には誰もいないな」

「中におるじゃろ」

サイが入り口を見ながら言うと、アルドがそう言って歩き出した。

かなり大規模な遺跡らしく、地上には建物の土台しか残っていないが、地下部分へと続く入り口は大きく、石造りの階段が地下へと続いている。

コウ達が遺跡内に入っていくと、通路には灯《あか》りがたかれていて明るい。しばらく歩いていくと数名の兵士が大きな扉の前で警備をしていた。

「あそこじゃな」

コウが頷く。

扉の前に着くとすぐに兵士達は道を空ける。タキノが扉に手をかけて開くと、中には一つ目の道標の星トリステアにもあったような祭壇と宙に浮かぶ石板が見えた。

コウ達が祭壇に向けて歩いていくと、アルドが何かに阻まれて立ち止まった。

「むう、ここまでか」

コウ達は気にも留めずに祭壇に近づく。

《よく辿り着きました。次元を超えた子孫達よ。私はシャンバラ、あなた達を導くもの》

と声がすると、石板が輝いて映像が映し出される。

そこには次に目指すべき星の映像と座標が示された。

「次はここに向かえばいいのか？」

《そうです。辿っていけば全てが分かるでしょう》

「ナブ、映像は記録出来たか？」

《はい、マスター。記録出来ています》

「了解した」

コウはナブとの通信を終えると、全員を見回す。

「母船に戻りますか」

全員が了承する。

「用事とやらは終わったのかのお」

「そうね。終わったわ」

「して、お主らはどこへ向かう？」

アルドがそう聞くと、サイは空を指差した。

「空か……ワシも行くかの」

「それはいいわね。タキノ、良い遊び相手が出来たじゃない？」

ルカが意地の悪そうな顔でそう言う。

「チッ」

タキノは舌打ちをすると、面白くないという顔で先頭を歩いていく。

遺跡の階段を上りながら、アルドにサイが近づいて話し掛ける。気になっていた事がある様子だった。

「爺さんは魔法を使えるのか？」

「いや使えんのう」

「ふむ、あれだけの魔力があれば使えると思うのだがな」

サイは何かを考えるようにそう呟く。

「ワシはな、あの詠唱というものが煩わしくての」

「うん？　爺さん、魔法に詠唱は要らないぞ」

「何だと！　詠唱は要らんのか？」

「ああ、要らないな」

サイは当然のように答える。

「そうかそうか。それは良いことを聞いた」

爺さんはご機嫌でコウ達の後ろを歩いていく。

「ふふ、面白くなりそうね」

「タキノは大変だと思うけどね」

とルカは先頭を歩くタキノを見ながら答える。


母船内、拡張空間。

「ぬうっ！」

タキノは爺さんの剣を避《よ》けると身体強化を更に重ねる。

「ほっほっほ」

アルドは楽しそうにタキノの進行方向に結界を展開すると、タキノがそれを探知して剣で破壊するが、その一拍の遅れにより接近を許すとアルドの魔力を纏った剣がタキノへと迫る。

「くっ！」

タキノは唸《うな》りながらも結界を斜めに配置して何とかアルドの剣を受け流す事に成功する。

「ほっほ、ここまでじゃの」

「チッ！　届かねえ」

アルドは剣を担いで笑顔でそう言うと、タキノは肩で息をして地面に座り込んでしまった。

「爺さん、次は俺とやってくれ」

「お前さんはサイと言ったか。よかろう」

アルドは構えて走り出す。身体強化をフルに使い、通常では見えない移動を繰り返す。

「ギリギリか」

サイはそう呟きながら火の槍《やり》を二十個展開させ、探知したアルドの動きを予測した移動先へと打ち出す。

「ほっほ」

アルドは相変わらず楽しそうだ。急激に進路を変更し、身体強化を瞬発的に発動させて、あっという間にサイの懐へと潜り込む。

「!!」

サイは距離を取ろうとアルドの前へと結界を展開させるが、アルドはその結界を難なく破るとサイの腹を蹴り上げる。

「ぐうっ!」

「まだまだだの」

サイは唸りながら地面を転がり、アルドは剣を担ぎながら大の字に寝転がるサイを見つめる。

「すげえな」

「タキノさんとサイさんが、あっという間に」

タキノが率いるアーマー隊のパイロット達が騒ぎ出す。

「あなた達も爺さんに鍛えてもらったらどうかしら?」

ヘルミナがそう言うと、隊員達が次々にアルドへ挑んでいく。

「ふふ、これでレベルがかなり上がるわね」

「最近のタキノは鼻が高くなっていたからいい気味だわ」

とルカが笑う。

それから、剣聖アルド・ミラーはサイから魔法を習い、それを剣技へと昇華していった。

数日が経《た》つと、

「ワシ、強くなったの」

とアルドは自分の手を見つめて呟いた。

その後もアルドは貪欲にシミュレーターでのアーマー操作や、タキノ、サイ、隊員達との修練を重ねていく。

◎◎◦◦

母船、宇宙空間。

『アルドさん、宇宙空間での初めての訓練ですから慎重に』

母船からの通信がアルドの機体へ入る。

「分かったの」

嬉しそうにアルドは操作レバーを握る。

『では訓練を開始します』

という通信が入るとアルドの機体の周りにターゲットが現れ、アルドは機体を操作して装備している剣で破壊していく。

一分も経たないうちに十のターゲットは破壊され、破片が空間を漂う。

『ターゲットの破壊を確認しました。アルドさん、母船に帰投してください』

「なかなかだな」

「ああ、悔しいが魔力操作が精密で緻密だ」

母船のコントロールルームで訓練を見ていたタキノは顔を歪《ゆが》ませながらサイに答える。

「コウとまではいかないが、あの魔力操作は勉強になる」

「悔しいがな」

サイは真剣な顔でモニターを見つめ、タキノはコントロールルームを後にした。


「ふう」

ルカが拡張空間に出て伸びをしていると、ランニングコースでタキノが黙々と走っていた。

「ふふふ、タキノには良い刺激になったわね」

ルカは楽しそうタキノを見つめる。

「今晩のメニューはカレーにでもしようかしら」

第四章　三つ目の道標の惑星アルコリアス

三つ目の道標《みちしるべ》の惑星軌道上。

「目標の惑星軌道上へと到達しました。表示された惑星名はアルコリアスです」

「探査ポッドを射出してちょうだい」

「了解しました、ルカさん」

「コウ、まずは情報収集ね」

「ええ、頼みます」

と言ってコウはコントロールルームを出ていく。

食堂に入ると適当な席へと座り、給仕ポッドにハーブ茶をリクエストする。

「あら、コウ」

そこにヘルミナが現れてコウの対面に座り、コーヒーを注文をした。

「ヘルミナの研究はどうですか？」

「あまり良くはないわね。情報が不足しているわ」

「そうですか、今までの星の情報は集まってきてますか？」

「まぁ、その辺は今でも探査ポッドから情報が流れてくるから、だいぶ揃《そろ》ってきているわ。私の推測だけれど、シャンバラへと近づくほどに惑星の問題点が改善されているように思えるの」

コウは首を傾《かし》げる。

「私達《たち》が最初に次元転移した星には魔獣族がいたわよね。ナブの分析結果で分かったんだけれど、この種族は突然変異で生まれたものだそうよ。通常は魔獣のトップが魔獣王と呼ばれるのだけど、高濃度の魔力を浴びて、かつレベルの高い個体が更に変異して、その魔獣の中から魔獣王という特殊個体になるわ。その特殊個体の魔獣王が生まれると、魔獣は凶暴性が増して他の種族を滅ぼそうとする。けれど、一つ目の道標の星はダンジョンによって魔獣の発生が抑えられていた。二つ目の惑星も同じだったのよね」

「なるほど。では、シャンバラが道標の星々を実験場にしているという考えはどうでしょう？」

「そうね。そうとも言えるわ。一つ目の惑星では陸上にのみダンジョンがあったけれど、二つ目の道標の星では海の中にもダンジョンが存在していた。もちろんどちらの惑星でも魔獣に脅かされている様子はなかったわよね」

「そうすると、この三つ目の道標の星アルコリアスでも、何かしらが改善されているのかもしれませんよね……」

「そうだと思うわ」

ヘルミナは美味《おい》しそうにコーヒーを飲む。

「でもおかしくないでしょうか？」

「？」

「もしですよ、私達が『見放されし子孫』と言われたように、次元転移する前の先祖達が理想郷となる惑星を創り上げようとして辿《たど》り着《つ》いた先の惑星がシャンバラであると仮定したら、旅立ってからかなりの年月が経《た》っているはずです。何代にもわたって惑星で文明を築き上げ、理想の環境に近づけようとしていたのなら、今まで訪れた道標の惑星の文明はもっと進んでいるはずだと思うんです」

「たしかにね。その辺は情報が足りないわね」

コウは三つ目の道標の星が映るモニターを眺めて溜《た》め息《いき》をつく。

三つ目の道標の星、近くの宇宙空間。

ピピピピ……。警告音がコックピットに鳴り響くが、アルドはそれを無視して機体を操作する。

「ぐうっ！」

タキノは重力コントロールが効く前に強引に機体の軌道を変えると、アルドが駆るアーマーをモニターの中心に捉える。

アルドはARで表示された刻々と移り変わるデータを見ながら、タキノがこちらの機体を捉えた事を感知して機体を操作し、標準装備である結界をタキノの機体が動く先に置いていく。

最短を飛行するタキノの機体は不意に衝撃を受けて失速した。

「な、なんだ!?」

タキノはＡＲ情報を確認して舌打ちし、体勢を崩した機体を制御する。

ピピピーピー！

タキノの機体内部に警告音が鳴ると、正面モニターに撃墜されたと表示される。

「チクショー！」

タキノは悔しがり、唇を嚙《か》んだ。

『タキノさん、帰投してください』

母船のコントロールルームより指示が出され、タキノは渋々ながら帰投した。

◯◦◦◦

母船コントロールルーム。

タキノとアルドの模擬戦の結果がモニターに映し出され、他の仲間達がデータを見ながら驚いていた。

「しかし、あの爺《じい》さんには驚かされるな」

「ふふ、タキノには良い薬よ」

「あれは経験の差ね」

「そうですね。たしかにタキノの方が魔力量は多いのですが、魔力操作の精度と戦闘の経験値の差が顕著に出ています」

「最近は爺さんの魔力量も増えてきているしな……」

サイはモニターを眺めながら溜め息をつく。

「でも確実に私達の糧となっているわ」

ヘルミナがそう言うと他の面々が頷《うなず》く。

○
○○
○

惑星アルコリアス、ダランチ大陸上空。

『大気圏突入。問題なく降下中』

軽い振動と共に小型宇宙艦が降下していく。

『目標地点、上空一万m。飛空挺発進してください』

「こちら飛空挺、了解した」

とサイが答えると飛空挺は小型宇宙艦から飛び出していく。

「あれか？」

「そうですね。あれが目標のランチェスト王国です」

問題なくランチェスト王国の王都ランチェス近郊に飛空挺を着陸させると、一行は王都を目指して歩き始める。

「ここはどんな王国なんだ？」

「そうね、探査ポッドの情報によると今までの星で一番文明が進んでいるわ」

タキノが頭の後ろで腕を組みながら聞くと、ヘルミナがそう答えた。

「魔導工学が発達していて、私達が住んでいた星よりも少し進んでいるそうよ」

とルカが補足する。

しばらくすると丘の上に到達して王都の全貌が見えるようになる。どうやら高い壁に囲まれてはいないようだ。

「壁がないな」

「うん、どうやらスタンピードが起きないようなのよ」

「どうなってんだ？」

とタキノが疑問を口にすると、ルカが答えた。

「基本的には魔獣の類いはダンジョンでしか出現しないし、その魔獣も階層を越える事が出来ないみたいね」

「じゃあ、討伐を怠ると階層は魔獣でびっしりと埋まるのか？」

「それがね、敵対する種族の魔獣同士が同一の階層に複数いて、食い合う事で数が一定に保たれているようなの」

とルカが答える。

「はぁ、それはシャンバラくせえな」

「多分そうでしょうね。人為的な管理の痕跡みたいなものです。目的を果たそうと実験していたようにも見えます」

「それで目標は？」

「王都の真ん中よ」

「何かめんどくせえな」

「はは、いつもの事だ」

とサイはタキノの言葉に笑顔で返す。

「さあ、行くわよ」

ヘルミナの言葉で一行は王都へと向けて歩き出す。


王都ランチェス、王城、王の執務室。

「反応があったと？」

「はい、祭壇が動き出したと教会が騒いでおります」

「まさかとは思うが、あの予言書は本物だったと？」

「それは分かりませぬ」

「いずれにしても厄介な事よ」

と王は腕を組んで考え込む。

王都ランチェス、中央教会。

「やはり変わらぬ状態か？」

「はい、祭壇が起動して近づけなくなりました」

「予言の者達が近づいているのか？」

「そ、それは分かりません。ですがたしかに祭壇は起動しています」

「うむ、ここ中央教会周辺と街道に繋《つな》がる王都入り口に人員を配置しろ。不審な者を捜すのだ。王国に後れをとるな」

「はっ」

と男は部屋を出ていく。

「予言の者か、楽しみよのう」

と教皇はワイングラスを回して笑う。


王都ランチェス。

「つけられているな」

「ええ、入り口からずっとですね」

「やるか？」

タキノが剣の柄《つか》に手をかける。

「まだよ。まったくあんたは……」

「ふふふ、面白くなってきたわね」

コウ達一行は王都ランチェスに入り、大きな商店街を歩いている。

道の左右には商店が並び、この一帯は食料品を主に扱う商店が並んでいる。人も多く、店員と客が値切り交渉で盛り上がっている。

「それにしても活気があるな」

「そうね。流石《さすが》は王都ということかしら」

サイが辺りを見渡しながら言うと、ヘルミナも左右の商店を見ながら返す。

「あちこちに監視している奴《やつ》がいるわね」

「ええ、また祭壇に何かあったのでしょう」

「早く襲ってきてくれねえかな」

「手加減はしろよ」

タキノが楽しそうに言うと、サイが溜め息をつきながらそう言った。

少し進むと円形の広場に出た。目の前には大きな教会があり、何やら教会の関係者と思われる者達が教会前にずらりと並んでいるのが見える。

「あら、歓迎してくれるのかしら？」

「嫌な予感しかしねえな」

「同感ね」

とタキノが前を睨《にら》みながら答えると、ルカが同意した。

「どうせあそこが目的地なんです。行くしかないですよ」

コウは気にせず歩いていく。その後ろをサイはハァ〜と息を吐いてついていく。

「ふふふ、何かあちらが可哀想《かわいそう》ね」

「違いねえ」

「結界を張るわね」

とルカが言うと全員の周りに結界が展開される。

更に歩を進めると、待ち受ける者達と対峙《たいじ》する。

「これはこれは、古《いにしえ》の世から伝わる予言の者達よ。よく来てくれた。私達はあなた達を歓迎する」

豪奢《ごうしゃ》な服を着た者が手を広げて大袈裟《おおげさ》に話し出した。

「是非、我々に手を貸していただきたい。ここ王都ランチェスにある教会はレオナス教の本拠地であります。神の使徒であるあなた方の教えを請いたく、待っておりました。是非是非、我らをお導きください」

その者達は頭を下げるが、コウは口角を上げてニヤリとした。

「我々は神の使徒ではありません。通してもらいます」

コウがキッパリと断り、教会の入り口に向かって歩き出す。

「そ、その方ら、無礼であろう！　こうして教皇様が頭を下げているのだ。言うことを聞け！」

教皇の隣の者がそう言うが、構わずにコウ達は前へと進む。

「こ、これ！　止まらぬか！」

教会を守る衛士達が槍《やり》を向けるが、コウ達は関係ないとばかりに歩いていく。すると槍が結界に接触して弾《はじ》かれるように飛んでいった。

「!!」

衛士達は驚いて尻餅をつく。

「ルカ、祭壇の場所どこでしょうか？」

「地下ね。教会に入って正面に地下へ下りる階段があるわ」

「ええい！　何をしておるか！　その者達を捕らえるのだ」

と教皇が喚《わめ》き出《だ》すが、コウ達は構わずに教会の中へと入っていく。

中に入ると地下に下りる階段前には衛士が二十名ほどどいて槍を構えていた。それを見たタキノが前へと出ると、

「死にたい奴はどいつだ？」

と殺気を飛ばす。

「ヒッ！」

殺気を飛ばすタキノに、衛士達が後退《あとずさ》る。

それに構わずタキノは更に前に出る。

「ええい！　お前達、何をしておるか！　この者らをひっ捕えよ！」

衛士の中でも偉そうな者がそう声を上げるが、衛士達は腰が引けて前に出られない。

そこに、階段下から銃と思わしきものを持った者らが衛士達の前へ出る。

「魔導銃隊前へ、構え！」

という言葉と共に魔導銃を持った十数人は銃口をコウらに向ける。

「その者らよ！　抵抗は無駄だ！　速やかに投降せよ」

魔導銃隊を率いる者がコウ達へと声を掛けるが、タキノは止まらない。

「止まれ！　死にたいのか！」

と必死に魔導銃隊を率いる者は言うが、タキノは笑みを浮かべて関係ないとばかりに前へと出る。

「ええい！　構わぬ！　撃て！」

という号令と共に魔導銃が一斉に放たれた。しかし、全てルカの結界に阻止される。

「な、何！」

「今度はこっちの番でいいな」

そう言った瞬間、タキノの身体《からだ》が消えた。

するとあっという間に魔導銃を持った者ら十数人が崩れ落ちた。

「あああ！」

魔導銃隊を率いる者も後退ると、同時に意識を失って倒れ伏した。

タキノは身体強化をやめて槍を構える衛士達の前へとやってくると、

「どけ！」

という言葉で衛士達は道を空ける。

「ふふふ、タキノも腕を上げたわね。これも剣聖爺さんのお陰かしら」

ルカがそう言いながらタキノの後に続いて階段を下りていく。これにコウ、サイ、ヘルミナが続いた。階段を下りた先には、今までの道標の惑星でも見た祭壇と変わらぬものがあった。

やはり何の抵抗もなく祭壇の結界を抜けると、

《よく辿り着きました。次元を超えし子孫達よ。私はシャンバラ》

との声が響き、祭壇の上に映像が映し出される。

《これが最後の道標の星です》

その惑星の映像と、その場所が映し出される。

《最後の星はある意味で到達点の一つとなります。よく観《み》て判断し、シャンバラへと辿り着いてください》

という言葉と共に映像が消えて結界も消える。

「ナブ」

《はいマスター》

「今のを記録出来たか？」

《はい問題ありません。照合結果も出ています。以前にこちらでも確認した惑星で間違いありません》

「分かった。今から戻る」

《はいマスター》

「行きましょうか」

コウは他の四人に声を掛けると、下りてきた道を引き返す。

階段を上り切ったヘルミナが入り口を見て溜め息をつく。入り口の前には衛士数十人の他に魔導銃を持った者が、これも数十人はいた。

「懲りないわね」

「今度は俺がやるか」

とサイが楽しそうに前へと出る。

「任せました」

サイの周りに五十を超す火の玉が浮かび上がる。それを見た衛士や魔導銃兵を指揮する者は焦るように指示を出す。

「撃て！」

一斉に数十を超える銃口から魔導弾がサイへと向けて放たれる。

サイは魔導銃の轟音《ごうおん》と共に、

「フンッ！」

と右手を一振りすると魔導弾は何かに捕らえられたかのようにサイの手前で宙に浮く。そしてもう一度サイが右手を振ると魔導弾は全て床にこぼれ落ちる。

「さて耐えられるかな」

サイは左手を振るうと一斉に五十の火の玉が衛士と魔導銃兵に降り注ぐ。

「うわぁぁ！」

火だるまになった衛士と魔導銃兵が床を転げ回り、なんとか服に着いた火を消そうと阿鼻叫喚《あびきょうかん》となっている。

「さて行きましょうか」

コウ達は教会を出ていく。

第五章　あれやこれや

トルドア王国、リンドルンガ上空、浮遊島。

「ここが浮遊島か」

「ふう。空を飛ぶのは慣れんな」

ドラガンとロランは飛空挺から降り立ち、横に並びながら周りを見る。

するとと青年が声を掛けてきた。

「ええと、ドラガンさんとロランさんですか？」

「ああ、そうだが」

「こちらです。このファントムでの移動となります」

「ほう、これはまた」

ロランは移動用のファントムを見て唸《うな》る。

「これらは普通に平民でも買えるのか？」

「はい、そうです。誰でも購入可能ですね。他にも冒険者用の戦闘タイプなんかもありますね」

ドラガンの質問に青年は気軽に返す。

「その戦闘タイプとやらは見る事は出来るか？」

ロランが興味津々とばかりに尋ねる。

「下のリンドルンガで普通に販売しているので機会があれば見れますよ。あとはそうですね、ドラガンさんとロランさんには許可が下りると思うのですが、コウさん達《たち》が使っている初期型の魔導兵器も見る事が出来ると思いますよ」

「それはここにあるのか？」

「はい、この浮遊島にあります」

「それは楽しみだ」

そう言ってドラガンは目を輝かせる。

○○○○

惑星アイア、日本。

逸見《いつみ》は寿司屋《すしや》さんの店内に入ると、磯山《いそやま》を捜した。

「逸見！」

奥のカウンター席から磯山の声がした。逸見は磯山の席の隣に座ると、用意されていたコップにビールが注がれる。

「まずは乾杯だ」

乾杯をしてビールを飲み干す。

「週末に飲むビールは美味《うま》いな。それで何用だ？」

と逸見は磯山を見る。

「ああ、それがな。エルフの子と別れようかと思ってな。お前もドワーフの子と婚約しているから分かるだろ？　エルフもドワーフも寿命が長いから、どうしても不安を拭えなくてな」

「その事か」

「その事だ」

と逸見は真剣な顔をして磯山を見る。

「愛する者を残して俺達が先に死んでしまうのもな」

と逸見はビールを飲む。

「その事なんだが、磯山はエルフの子に聞いていないのか？」

「何の事だ？」

「ドワーフの彼女に聞いたんだがな。地球人は元々魔力をあまり持っていなかったんだ。それが最近は魔法を習う者が増えただろう？」

「それは知っている」

「それがな、魔法を習う事によって人間も魔力量が増えるのだそうだ。魔力が増える事によって寿命が延びるんじゃないかと言われている」

「はっ？　寿命が延びるだと」

「そうだ」

磯山はまだ信じられないとばかりにビールを飲み干し、酔いの助けを借りるように追加のビールを頼んだ。

「それはどれくらい延びるんだ？」

「長ければ二百歳くらいまで延びるらしい。さらに最近は魔法を習った女性が若返った、なんて話もあるらしい」

「そうか、そんなにか」

すっかり顔が赤くなった磯山は目を輝かせて追加のビールを飲み干す。

「大将、二人前お任せで握ってくれ」

「あいよ」

夜が更けていく。

第六章 四つ目の道標の惑星ライオス

四つ目の道標《みちしるべ》の惑星、軌道上。

「目標惑星の軌道上に到達しました」

「ルカさん、惑星へ飛ばしていた探査ポッドから、データが送られてきました」

「何かしら？」

「この惑星のデータです。モニターへ表示します」

「……惑星名はライオス、それに惑星のデータもあるわね」

ルカはデータを見つめる。

「なるほどね。基本的に地上には魔獣類が存在していない……そして争いも無い。凄《すご》いわね……武器類もほとんど存在しないと」

すぐにコウがルカのもとへやってきた。

「ナブに呼ばれてきましたが、四つ目の惑星はどうでしょうか？」

「コウ、これを見てちょうだい」

「なるほど。各地に魔力を浄化させる塔を建て、地下からの魔力を吸い出して稼働させていると……ほとんどの魔導技術は生活に役立つものか、生産加工に必要なものしかないのですね」

「そうよ、コウ。魔導コンバインとか移動用の魔導車とかね。それに生活を豊かにする魔導具類も充実しているわ。魔導コンロ、魔導冷蔵庫、魔導ライト、魔導水道に処理施設も魔導化して完璧ね。稼働に必要な魔力は街ごとの塔で地下から集積して、各家庭に分配しているわ」

「工場から排出される有害なものも魔導具で浄化している……凄いですね」

「本当に凄いわ」

「でも、何で争いが無いんでしょうか？」

「それはね、コウ。これを見て」

「ん？　生まれてすぐにＤＮＡ検査をして選別している？」

「その選別とやらで過激な分子を弾《はじ》いているのよ」

「……………」

「でもこれは私達《たち》が目指しているものではないわね」

「そうですね。何と言いますか……豊かで住みやすい惑星だとは思いますが、もはや人工的に管理された過剰な世界ですよね。シャンバラが惑星を実験地としていたのなら、やりすぎなのではないでしょうか。それで次に行く惑星の道標は見つかりましたか？」

「表示します」

とオペレーターが言うと、目の前のモニターに道標となる次の行き先が映し出される。

「海の真ん中ですか」

「それも、隠蔽されていて誰も近づけないみたい」

「ルカ、とりあえずその上にある島へ降りてみましょう。他の皆にも伝えてください」

「了解よ、コウ」


道標上空。

「目標上空へと到達しました」

「了解しました。皆降りますよ」

サイ、タキノ、ルカ、ヘルミナがそれぞれ応答した。

「酷《ひど》く小さな島だな」

「あそこかしら」

「それっぽいな」

「行きましょうか」

コウを先頭にして歩いていくと、その遺跡には海中へと続く長い螺旋《らせん》階段があった。

壁に沿うように続く階段の先はほの暗く、光魔法で照らしながら階段を下りていく。

階段を下り切ると少し開けた空間に出た。目の前には大きな扉がある。五人は目配せして頷《うなず》き合うと扉へ近づく。

「開けるぞ」

サイが扉に手を掛けようとすると、その扉は勝手に開いた。

「中は暗いわねえ」

「行きますよ」

部屋の中に踏み出すとほのかな明かりが灯《とも》り、目の前に祭壇が光り出した。

《よく辿《たど》り着《つ》きました。次元を超えし子孫達よ》

と声が聞こえるとコウ達は祭壇の前まで進む。

《ここが最後の道標の惑星となります。あなた達が辿ってきた惑星は遠い祖先が試行錯誤した跡です。そして、この先にあるシャンバラの礎となった星々です》

少し間があり、祭壇の上にシャンバラへのルートが浮かぶ。

《これがシャンバラ惑星系です。どうぞシャンバラへと辿り着きなさい。シャンバラは必ず、あなた達を歓迎します》

◎ ◎ ◎ ◎

惑星ライオス軌道上、母船内コントロールルーム。

「次目標であるシャンバラ惑星系までのルートを表示します」

オペレーターがそう言うと、目の前の大型モニターにシャンバラへと向かうためのルートが映し出される。

「ルカ、どれくらいの行程でしょうか？」

「そうね、問題が無いとしても通常航行で六ヶ月といったところね」

「その間は時間が取れますね」

コウが何かを考えるようにそう言った。

「何かあるのかしら？」

とヘルミナが聞く。

「ええ、アルドさんの専用機でも作ろうかなと」

「面白《おもしれ》えじゃやねえか」

「それで対等だな」

タキノとサイが目を見開いた。

ルカとヘルミナは顔を見合わせて苦笑し、コウは楽しそうに微笑《ほほえ》む。

「準備はいいですか？」

「はい、準備はＯＫです」

「ではシャンバラへ向けて発進してください」

「シャンバラへ向けて発進します」

「発進します」

とサブオペレーターが復唱する。

　　　　　　　◯　◯　◯　◯

母船内工房。

「アルドさん、仕様はこれで問題ないでしょうか？」

「うむ、問題ないのじゃコウ」

アルドは満足そうに笑顔を浮かべた。

工房の中は慌ただしくなり、通常型のアーマーが一機引っ張り出されて固定され、これがアルドの専用機のベースとなる。

次々に外装が剝《は》がされ、用意された兵装や部品が取り付けられていく。

今回のアルド専用機の概要は、通常機をベースとしつつも改造前と比べて出力は一・五倍。通常二本装備される魔導ビームサーベルは一本で、追加で専用実剣が一本装備される。

この実剣にはギミックが搭載されていて、超高振動ブレードと呼ぶことにした。

他の改造箇所は、通常機に比べて魔導スラスターの数が倍。最大推進速度も倍となっていて、超高機動型近接戦闘タイプとなっている。

作業が進むさまを見るアルドの顔は無邪気な喜びに満ちている。

母船内コントロールルーム。

「これでシャンバラへの行程は五分の一進んだわ」

ルカがシャンバラへと向かうルートを示すモニター見ながらそう話す。

「了解です。この辺りで演習に適した場所はないでしょうか？」

「そうね、ここなんてどうかしら」

モニターがクローズアップされ、シャンバラへのルート上の一箇所が示される。

「なるほど、たしかに周りに何も無い宙域でぴったりですね。それでは、その宙域で演習を行いましょう」

演習予定宙域。

数日が経《た》って演習予定宙域へと到達し、演習準備に入った。

『アルドさん、準備はどうですか？』

「準備はいいぞ」

専用アーマーのコックピットで上機嫌に剣聖アルド・ミラーが答えた。

『始めにこちらで用意したターゲットへ最初に遠〜中距離攻撃で、次に近接で攻撃してください』

「了解じゃ」

オペレーターの指示にアルドは短く答える。

『では射出します』

「アルド・ミラー、出る」

操作水晶を操作してメインスラスターを全開にし、アルドの専用機は星々が光り輝く宇宙空間へと魔力の尾を引いて力強く飛び出していく。

第七章　模擬戦

シャンバラへのルート上、演習宙域。

白く塗装された機体が宇宙空間を縦横無尽に駆け抜ける。

アルド専用機のベース色は白で、縁取りに銀と黒があしらわれている。

アルドは刻々と変化する周辺状況データを目の端で確認しつつ専用機を操縦していく。

通常機よりも多く追加された姿勢制御用のスラスターを確かめるように操作して機体の姿勢を変えていく。

腰背部に装備された魔導ビームライフルを手に取ると、ライフルを構えて機体を回転させていく。

その回転に合わせるように魔導スラスターから伸びる魔力の尾は螺旋《らせん》を描く。

試験プログラムに沿った機動試験があらかた終わった頃。

『アルドさん、機体に問題ないかしら？』

とルカから通信が入る。

「問題ないのお。順調じゃ」

と楽しそうに応答する。

『そう、では次の試験に移るわ』

「了解じゃ」

とアルドは言うと、機体に魔導ビームライフルを持たせる。

『始めるわよ』

「うむ」

アーマーと同じ大きさのデコイが母船から放出され、膨らみ切ってアーマーと同じ形態となる。

アルドは機体を操作してモニターに映るレティクルにデコイを合わせると、トリガーを引いた。

ズンズン。

とビーム照射の反動で響くようにデコイが破裂する。更にデコイが放出されるとそれらも丁寧に照準、射撃して撃破していく。

『問題ないようね。次は近接ね』

ルカの言葉と共に新たなデコイが放出されると、アルドは機体のメインスラスターを全開にしてデコイに近づいていく。

何回か目のスラスター操作でのアジャストを行い、腰部に装備した専用機専用実剣を抜剣。

「シッ！」

アルドの裂帛《れっぱく》と共にデコイが上半身と下半身が分かれ、アルドは次のターゲットへと向けて機体の制御を行い次々とデコイをその実剣で斬り裂いていき、最後のデコイが破壊された。

『ＯＫ、アルドさん。最後の試験に移るわ』

その通信と共に母船から次々とアーマーが飛び出してくる。

『アルドさん、兵器モードを模擬戦に切り替えて』

「了解じゃ」

アルドはパネルを操作して兵器モードを模擬戦モードへと切り替える。

『ジジイぃ！　覚悟しろよ』

通信機からタキノの声が響く。

「ほっほっほ、出来るかのう」

アルドは挑発するようにタキノに返す。

タキノ、アルドの両アーマーのメインスラスターが全開に吹き上がり、宇宙を駆ける。長く伸びたスラスターの魔力の残滓《ざんし》が交差すると、宇宙空間に火花が散った。

更にタキノの機体は大きな円弧を描き、速度を殺さないままアルドの機体へと回頭していく。

アルドの機体は通常機よりも多く追加された姿勢制御用のスラスターを駆使し、円弧を小さくまとめて旋回を成功させる。

アルドの機体はタキノの機体よりも早く相手を捉え、軽々と制御してタキノの機体の側面に剣を振り抜く。

タキノはすぐに回避を選択するが速度に乗りすぎていたために回避が遅れ、すれ違いざまに機体に剣戟《けんげき》を受ける。

ビー！

『タキノ！　撃墜よ』

「くっ！」

タキノの悔しそうな声が漏れる。

◎
◎
◎

「次は俺だな」

サイの機体が前に出て、互いの機体が少し離れた位置に着く。

『それではサイ対アルドさんね。始め！』

とルカの声が通信機に響く。

アルドは機体のメインスラスターを全開にしてサイの機体へと突貫する。

対してサイは狙いを絞らせないように機体をジグザグに飛行させて魔法を準備していく。

先手はサイ。魔法の準備が整うと光の矢二十を機体頭上に展開。それをアルドの機体目掛けて放つ。

アルドの機体を二十の光の矢が襲うが、アルドはデータをモニターで確認しながら丁寧に機体を操作して紙一重でそれらを躱《かわ》していく。

「やるな、流石《さすが》の魔力操作能力だ。状況判断も凄《すご》い」

サイは感心しつつも次弾の魔法を構築して近づくアルドの機体に狙いをつける。

アルドは次弾の魔法がサイの機体の頭上へと展開するのを確認すると、スラスターを駆使して姿勢を制御し、サイの機体の死角へと機体を滑り込ませる。

「くっ！」

サイは機体を操作してアルドの機体を捉えようとする。だがアルドは機体を加速して更にサイの機体を回り込む。

アルドの身体《からだ》に高Gが一瞬襲いかかるが、本人は気にも留めずにメインスラスターを限界まで加速させてサイの機体に肉薄する。

サイは機体のアラームによりアルドの機体が接近するのを探知し、一旦用意した魔法を放棄して回避行動に移行する。

しかし、高機動型のアルドの機体は、サイの機体のマニューバーに追随して抜剣。

ゴン！

というような打撃音が走る。

ビー！

『サイ、撃墜よ』

虚《むな》しくも、ルカの言葉が通信機に響く。


演習宙域、母船内コントロールルーム。

「アーマー隊、射出準備に入ります。アルドさん、次の試験は一対多の戦闘になります。よろしいですか？」

『問題ないわ』

ワクワクした様子のアルドの返事が返ってくる。

「アルドさんもノリノリね」

「そうですね、ヘルミナ。アルドさんは長い間、山に籠もっていましたから新鮮なんでしょう」

「そうね、タキノやサイの刺激にもなっているようだし」

格納庫に帰投したタキノとサイの機体をモニター越しに見ながら、ヘルミナがそう言った。

「アーマー隊、展開完了しました。これより模擬戦闘を始めます」


演習宙域、アルド専用機。

警報が鳴り響くコクピットの中で剣聖アルド・ミラーは自機を操作する。

「これは厳しいのお」

その言葉とは裏腹に口角を上げる。各種センサーが危険を知らせ、サブモニターには敵機であるアーマー隊が展開され、自機を半包囲するかのように移動するのが見える。

「数は二十かの」

アルドはアーマー隊の配置と数を頭に入れると、スラスターを全開にして行動を開始する。そして前面に展開した三機のアーマーに突っ込むように迫る。

三機のアーマーは落ち着いて魔導ライフルを構えると射撃を開始。それに合わせてアルドは自機に急制動を掛けてピタリと止まると、姿勢制御用のスラスターを右舷部全開に噴射。

急激に方向を変えたアルドの機体は残像を残すかのように加速移動をする。三機のアーマーは虚を衝《つ》かれたのか反応出来ずにいると、アルドはすぐに機体を制御して三機のアーマーに肉薄する。

抜剣した剣は三機を捉えて撃墜判定にする。

「まずは三機じゃ」

アルドはサブモニターを確認しながら次の獲物へと機体を操作する。二機のアーマーがアルドの機体の動きに合わせるように左右に分かれてアルド機へと動きを見せる。アルドは敵アーマー位置をサブモニターでチラリと確認すると、向かってくる二機へと機体を制御。

小刻みにサブスラスターで姿勢を変えると、メインスラスターを全開にして右から来るアーマーへと肉薄。

肉薄されたアーマーは反応出来ずにアルドの機体の刃《やいば》に倒れると、アルドは左から来るアーマーをサブスラスターを制御して背後に回り、斬り倒す。

「五機目」

次の敵アーマーへと機体を向ける。あっという間に五機を撃墜されたアーマー隊はアルド専用機に対して魔導ライフルで弾幕を張り、近づく事を拒否する。

その弾幕をアルドは小刻みな姿勢制御で躱して弾幕を張るアーマー八機へ近づく事に成功。右手に実剣、左手に魔導ビームサーベルを装備してアーマーの懐に入ると魔導ビームサーベルを振るう。

「六機目」

視線は次のアーマーへと移り、機体を操作して魔導ライフル弾を躱しつつ実剣を横薙《よこな》ぎに振るい、

「七機目」

混乱した残り六機のアーマーをアルドは難なく撃破する。

「十三機目」

剣聖はサブモニターをチラリと見て舌舐《したな》めずりをしてニヤリと笑みを浮かべ、機体を敵アーマーへと操作する。

◆◇◆◇

母船内コントロールルーム。

「アーマー隊全二十機撃墜かぁ」

ルカは剣聖対アーマー隊二十機の結果を確認する。

「一発も擦《かす》りもしなかったわね」

とヘルミナが溜《た》め息《いき》をつきながら模擬戦結果を見る。そこにタキノとサイがコントロールルームへと入ってきた。

「やられたか」

「俺らもやられたんだ、アーマー隊では無理だろう」

サイがモニターを見て苦い顔をすると、タキノはモニターを睨《にら》みつける。

「コウ」

「なんでしょうか？　タキノ」

「何日くらい、ここに留《とど》まれる？」

とタキノは真剣な顔で聞く。

「十日でいいでしょうか？」

「それでいい」

タキノはモニターへと顔を向けてぶっきらぼうに答える。

「どうするんだ？」

「鍛え直す」

「そうか」

心配そうに尋ねたサイに、タキノはそう短く返した。サイも真剣な顔になりモニターを見る。

「アーマー隊もかしら？」

ヘルミナは苦笑しながらタキノとサイを見つめる。

◎　◎　◎

母船内拡張空間。

剣聖アルド・ミラーは、アーマーのスラスターを模した風魔法で自身の軌道を小刻みに変化させてタキノへと迫る。

一方のタキノはアルドとは違うアプローチで機動力を上げる。身体強化を重ね掛けして反応速度と反発力を上げ、任意の場所に足場となる結界を生成し、結界を蹴って軌道を変える。

擬似スラスターを吹かして迫るアルドを側面に張った結界を蹴ってタキノは躱す。

更にアルドはタキノの動きに反応して擬似スラスターで追随。タキノは多数の結界を生成するとそれらを縦横無尽に蹴り移動。その速度は常人には捉える事は出来ない。

しかしアルドはそれらを看破し、足場となる結界へと水魔法で氷の矢を生成して破壊しようとする。タキノはそれも見越して新たに結界を生成して急激に方向転換すると、風魔法をも操って速度を加速させる。

「シッ！」

一瞬だが、タキノはアルドの視線を掻《か》い潜《くぐ》ると木剣を抜剣。

との呼気と共に木剣がアルドへと迫るが、アルドはそのタキノの剣を自身の木剣で受け流す。

「やりおるようになったの」

アルドは楽しそうに擬似スラスターを吹かしてタキノとの距離を空ける。

「くたばれ糞《くそ》ジジイ！」

とタキノは結界を複数生成してジグザグに目にも留まらぬ速度でアルドへと肉薄する。

するとアルドはタキノを真似《まね》て結界を生成すると、それを蹴って軌道修正して更に擬似スラスターで加速する。

小刻みに軌道をランダムに修正して空を駆けるアルドはＭＡＸとなる風魔法のスラスターを背後に吹かして音速を超える。その時にソニックブームが発生するが剣聖は前面に結界を生成してタキノを吹き飛ばす。

「くっ！」

タキノは吹き飛ばされた勢いを風魔法で減衰させて、生成した結界を蹴って体勢を修正する。一度、アルドから目を離してしまったタキノは四方上下に防御結界を三重で生成する。そこにアルドが木剣を横一閃《いっせん》。

パリンパリン！

三重に張った内の二枚の結界が破られるが、持《も》ち堪《こた》える事に成功。再度、アルドを目に捉えたタキノは身体強化を掛け直して結界を蹴って剣聖へと追随する。

アルドも反転してタキノへと相対して擬似スラスターを駆使し、狙いが定まらないように駆け巡る。

タキノは集中力を上げて、アルドの姿を捉え続けて結界を蹴る。

アルドはスラスターで軌道を変えながらタキノへと迫る。その刹那、アルドは足場となる結界を生成して身体強化をフルマックスで蹴って軌道を変え、尚且《なおか》つスラスターで加速する。アルドは木剣を抜剣。

「シッ！」

と呼気が漏れると、アルドの木剣はタキノの胴体付近に横薙ぎで迫る。

が……タキノは咄嗟《とっさ》に風魔法でスラスターを再現して下方へと高速移動してアルドの剣を掻い潜る。そのまま足場の結界を蹴ってアルドに肉薄。

タキノは下方から擦り上げるように木剣を走らせるとアルドが生成した二重の結界に接触。

パリンパリン！

タキノの剣は難なくアルドの結界を破壊。アルドは咄嗟に結界が作った刹那の時間で自身の身体とタキノの剣の間に自身の剣を割り込ませる事に成功する。

ガッキーン！

金属音のような音が鳴り響いて、タキノとアルドが共に弾《はじ》き飛《と》ばされる。それにより距離が空いたところで、

「それまで！」

とサイの声が鳴り響く。

「ハァハァ」

タキノは汗を滴らせ、アルドを睨みつける。

一方のアルドは汗をかいているものの、木剣を肩に担いで楽しそうに笑う。

「タキノよ。やりおるようになったのう」

「チッ！」

タキノは舌打ちをしてその場に座り込む。

「タキノ」

「ハァハァ、なんだ？」

サイの問いかけにぶっきらぼうに答えるタキノ。

「確実に良くなっているな。それよりも俺の方が問題だ」

サイは肩を竦《すく》める。

「まだ勝ててはいない」

タキノは大の字に寝転びながらそう言う。

呼吸を整えたタキノは目を瞑《つぶ》った。

「だが少し見えたような気がする」

「そうか」

サイはアルドに目を向ける。

「アルドさん。次の相手をしてもらえるか」

「良いぞ」

アルドはニィッと笑うとサイと対峙《たいじ》する。


演習宙域、母船内コントロールルーム。

「練度は上がっているようね」

「そうなのよね」

ルカはアーマー隊が二手に分かれて模擬戦を行っている様子をモニターで見ながら、ヘルミナにそう返す。

「アルドさんのお陰かしら？」

「そうなのよ。剣術訓練だけではなくて射撃訓練も積極的にこなすようになって、しかもアルドさんの模擬戦を見てからは魔法訓練にも積極的になったわ」

「ふふふ、タキノとサイもかなりレベルアップしたわね」

ヘルミナは肩を竦めるルカをチラリと見ながら微笑《ほほえ》む。

◯
◦
◦
◦

母船内拡張空間。

タキノは全速に近い速度でランニングロードを走っている。

「はっはっはっ」

と息を弾ませながら疾走する。

『まだだ、まだ届かねえ！』

タキノは心の中で吠《ほ》える。

漠然と見ているのは今ここにはいない剣聖アルドの姿。頭の中では幻覚のようにアルドが縦横無尽に駆け、宙を舞い、剣を走らせる姿が思い浮かぶ。

フルフルとタキノは頭を横に振り、走る事に集中する。

『足らねえところは他で補うしか今はねえ』

自身の最近の動きをイメージしていく。

ふと、何かが頭をよぎる。とにかく大切な事のように感じるがハッキリとしない。

それでも思考を途切らせずに身体強化を重ね掛けして走る。

ふと見上げると擬似的な空を風魔《ふうま》が気持ち良さそうに飛んでいる。

『うん？』

タキノは何かに思い届き、足を止める。

『そうか』

タキノは一つ得心がいくと嬉《うれ》しそうに笑い、止めていた足を動かして再び走り出した。


母船内コントロールルーム。

「今日で十日目です。タキノ、サイ。もういいですか？」

コウはタキノとサイを交互に見る。

「もう十分だ」

「そうですか。明日朝にはここを出発しますので、今日はゆっくり休んでください」

タキノもサイの言葉に満足そうに頷《うなず》く。

「何あんた？　何か嬉しそうね。アルドさんにやられすぎてどうかしたの？」

ルカがそう言うと、タキノはフッと微笑んだ。

「まっ、チビには分からんだろうな」

「な、何よ」

ルカはタキノを睨むが、そのスッキリとした顔のタキノを見ると何も言えなくなった。横に立つヘルミナがルカを肘で小突いた。

「ふふふ、タキノは何かを摑《つか》んだようね。でもサイはどうかしら？」

「お、俺は俺で大丈夫だ」

ヘルミナは挙動不審なサイを見ると、サイがプイッと横を向く。

「期待しているんだけどね」

ヘルミナはそんなサイを横目で見ながら小さく呟《つぶや》いた。


コウは拡張空間に入り、山の頂上にある展望台へと向かっていた。身体強化を使った足では数分とかからずに山頂へと辿《たど》り着《つ》く。

そこには展望台のベンチに胡座《あぐら》をかいて座るタキノの姿があった。

コウは何も言わずに横に座り、収納から缶ビールを取り出すとタキノに渡す。

タキノも何も言わずに受け取るとタブを開けてゴクゴクと飲む。コウも自分の分を収納から取り出してビールを飲む。

拡張空間とはいえ、かなりの広さまで拡張された空間は他の惑星で見る景色と変わらない。そこに、サイも現れて空いているコウの横に座る。

「ここにいたか」

コウはサイにもビールを渡すと、三人で軽く乾杯をして飲む。

「良い感じですか？」

「ああ」

タキノは短くそう答えて、ビールを飲み干した。

サイは後ろで手をついて目を瞑り風を感じ、コウは飲み干した缶を収納すると新たに冷えたビールをタキノの分と一緒に取り出して、二人で美味《うま》そうにゴクゴクと喉を鳴らして飲む。

そして一息吐いてふと目線を上げると、風魔が三人を見守るように旋回しているのが見えた。

第八章　シャンバラ

母船内コントロールルーム、ルカ。

私がコントロールルームに入った時にはコウ、サイ、ヘルミナは既にコントロールルーム内でモニターを見ていた。

脳筋なタキノ、アルドさん、アーマー隊の面々はこんな時でも訓練をしている。

「シャンバラ宙域に近づきました……入ります。……入りました」

緊張したオペレーターの声が響く。

《マスター》

「どうした？　ナブ」

隣にいるコウにナブから連絡が入った。

《シャンバラよりデータ通信がありました》

「それで、何と？」

コウがモニターを見ながら言う。

《母船前方にジャンプ魔法陣を展開するそうです》

「なに？　ジャンプ魔法陣？」

《はい、転移魔法陣の一種かと思われます》

「了解した」

「前方に高魔力反応！」

オペレーターの大きな声が響くと、モニターに緻密でかなり大きな魔法陣が展開されているのが見えた。

「これがジャンプ魔法陣だと思われます！」

悲鳴にも似たオペレーターの声がコントロールルームに響く。

「魔法陣内に入ります！」

と同時に全員がモニターを注視していると、問題なく魔法陣を潜《くぐ》り抜《ぬ》ける。

その先には緑豊かな惑星が姿を現した……。

モニターを見ている全員が声もなく固まっている。

それもそうだろう。その緑豊かな惑星を囲うように巨大な三重のリングが展開されている。

まだ距離があるからか、その構造物の大きさは把握出来ないが、星との対比でそれがかなり大きな人工物だと分かる。

「シャンバラよりデータ通信です。これより引力重力波にて誘導するとの事です」

《マスター》

「どうした、ナブ？」

《シャンバラよりデータリンクの要請です》

「問題はありそうか？」

《ありません》

「ではデータリンク、了承した」

《はい、マスター》

隣のコウがナブと会話している。チラッとサイを見ると、口をポカンと開けてモニターを見ているわね。

分かるわ。

母船が星を囲うリングに近づくにつれて、それが想像の上をいく構造物だと分かる。視覚と脳内のイメージが合わない感じになり、フワフワとした気分に陥るが、頭を振って現実を受け入れる。

「とてつもないわね」

「ああ」

後ろにいたヘルミナが思わずそう漏らした。

サイは心ここにあらずの返事をする。

「前方、構造物壁面が開きます」

全員が再度モニターを見ると、構造物の一部が開いていくのが見える。

「構造物内に入ります」

全員が固唾《かたず》を呑《の》んでモニターを見ていると徐々に母船が構造物内へと入っていく。そこはかなり広い空間で、遠くの宇宙栈橋のような場所に洗練された宇宙船が係留されていた。

軽いショックを感じる。

「外部と接続しました」

「了解しました。サイ、ルカ、ヘルミナ、一緒に来てもらえますか？」

コウが私達《たち》を見る。

もちろん全員首肯する。

「タキノとアルドさんにはここに残ってもらって、念のため戦闘準備をさせておいてください」

コウがオペレーターに指示を出すとこちらを見た。

「さあ、行きましょうか」

軽く笑い、コウはコントロールルームを出ていく。それに私達も続いていく。

外部との接続ハッチ前に来ると、

「開けますよ」

プシュッという音と共にハッチが開いていく。開き切るとそこは通路のようだ。

そこを全員無言で歩いていく。前方に扉、それが音もなく開いていくと、

「ようこそ、シャンバラへ」

三十代と見られる男女が現れた。


シャンバラ主星、三連リング最外縁部、コウ。

俺達が踏み入れた通路はどんな素材で作られたか分からないほどの高度なもののようだった。

実に興味深い。

しばらく歩くと、白くて広い空間に辿《たど》り着《つ》く。前には十三人。それぞれ人種が異なるようだ。

……？　何か違和感を感じて探索魔法を使ってみる。

「なるほど」

思わず心の声が口に出てしまった。凄《すご》い技術だ。

「ようこそ、シャンバラへ」

代表のような者が挨拶をしてくる。

俺は手を差し出す。

「本物のあなた達はどこにいるのでしょうか？」

「分かりますか。流石《さすが》はここに辿り着いた方達ですね」

代表と思われる男が笑顔でそう答える。

すると目の前にいた者達は消え、十三枚のモニターとなって空中に浮く。

「我々はシャンバラ評議会のメンバーです。それぞれの聖域を管理しています。この主星にもメンバーはいますが、忙しくてここに来る事は出来ませんでした」

とモニターの一つが答える。

「我々、シャンバラ評議会はあなた達生き別れた子孫を歓迎します」

そう告げられると背後の扉が開き、五体のポッドが入ってくる。

「こちらです」

そのうちの一つのポッドが告げると、足元の床に線が引かれて、そのとおりに進んでいく。

辿り着いた先は個室が集まったエリアだった。俺達が泊まれるように空けていたらしい。他にも人数が増える場合は、ポッドが用意してくれるらしい。

部屋は十畳ほどの広さでベッドに机と椅子。他にはトイレにシャワーだ。簡素だが無駄のない洗練された造りで、それぞれの目的に合ったデザインでよく出来ている。

《マスター》

「どうした、ナブ」

《シャンバラ統治ＡＩよりコンタクトがありました》

「どんな内容だ？」

《私のＡＩはシャンバラ初期の物より古いらしく、シャンバラＡＩとの互換性を得るべくアップデートをしたいと申し入れがありました。どうしますか？》

「受けてくれ、ナブ。なるべく多くの知識を得るようにしてほしい」

《了解です。マスター》

俺はシャンバラ内でも問題なくナブと交信が出来る事に安堵《あんど》し、部屋を出た。

「コウ」

とルカに声を掛けられる。後ろにはヘルミナもいた。そこにサイも合流して歩き出すと、目の前に先ほどのポッドが現れた。

「こちらへどうぞ。まずは医療室へと入る。

ポッドを先頭にして医療室へと入る。

ここでは簡単な機械で身体《からだ》を検査して最後に注射をされた。

「これは何でしょうか？」

注射の内容をポッドに聞くと、

「ナノポッドを体内に注入しています。これは体内の管理とＡＩであるナブとのリンクを介して、体調管理や各種通信のやり取りが出来るようになるものです」

「そうなのか？　ナブのアップデートは？」

「第一段階は終わっているようです」

《マスター》

「ナブ、調子はどうだい？」

《至って順調です。アップデートの第一段階が終わり、マスター達とのデータリンクが確立されました》

「我々をモニタリング出来るわけだな」

《はい、これからのアップデートで更なるリンクが解放されますが、体調や居場所の管理は出来ます》

「了解した。ルカ達ともデータのやり取りをしてくれ」

《はい、マスター》

ある程度のやり取りを終えると、ポッドの先導により多くの机や椅子が並んだ場所へと案内された。ここは食堂のようだ。

適当にお茶を頼むと運んでくれた。とりあえず椅子に座り、運ばれてきたお茶をまったりと飲む。

「何か落ち着くわね」

とヘルミナがお茶を飲んで言ってくる。

「そうですね。このお茶も私達が飲んでいるものと変わりないみたいです」

と一口飲んでヘルミナへと返すと、そこにルカが現れた。

「タキノ達もこちらに来るそうよ」

ルカが楽しそうにそう言ってきた。

◎ ◎ ◎ ◎

シャンバラ主星、リング内。

タキノを含めたアルドとアーマーパイロット、母船の乗組員全員が姿を現す。

「コウ」

「タキノですか。医療室へは行きましたか？」

「まだだ、これから残りの全員で行ってくる」

扉が開いてポッドが入ってくる。

「こちらです」

ポッドの先導でタキノ達が部屋を出ていった。

「何か凄いわね」

「そうね。文明の進み具合もそうだけど規模が凄いわね」

ヘルミナが食堂にある大型のモニターを見ながら呟《つぶや》き、ルカがそう言う。

「そうですね、このリングの大きささなんて想像を絶しますよ」

しばらくすると医療室に行った面々が食堂に戻ってきた。

「全員揃《そろ》いましたか？」

とコウが全員を見渡すと、空中にシャンバラ評議会メンバーのモニターが現れた。

「それでは皆さん。これからシャンバラの最たるものを体験していただきましょう。こちらです」

ポッドが何もない壁の前に行くと、壁が無くなり大きな空間が出来る。そこにはカプセル型の人が入れるようなものがズラッと並んでいた。

「それではポッドの案内に従ってバーチャルカプセルにお入りください」

と今度は空間から声がする。

「あの中に入ればいいのか？」

「はい、空いているポッドにそれぞれお入りください」

サイがカプセルを見ながら聞くとポッドが先導していく。

ポッドに従ってカプセルの中に入るとカプセルの扉が閉まる。特に圧迫感とかは無い。

《これよりチューニングを始めます。最初に不快な感じがするかもしれませんが、すぐに収まります》

すると頭の中を掻《か》き混《ま》ぜられる感じがして視界が歪《ゆが》んだが、すぐに収まる。

《チューニングが無事終わりました。シャンバラバーチャル空間にログインします》

視界がブラックアウトしたかと思えば、すぐに同じ状態に戻る。

《ログインしました。カプセルより出てください》

カプセルの扉が開く。他のカプセルも扉が開いていき、全員が元の食堂に集まってくる。

「多少の個人差はありますが、人によっては酔いに似た症状が出る場合がございます」

とポッドが全員の症状を確認している。

俺は手を開いたり握ったりを繰り返す。

「どうしたの？　コウ」

ルカが心配そうな顔をして近づいてきた。それに気がついたサイ、タキノ、ヘルミナも寄ってくる。

「ええ、少し違和感を感じまして」

「違和感？」

「何か、自分の身体じゃないような感じがするんです」

《もうお気付きですか、マスター》

「ナブ……どういうことだ？」

《はい、マスター。今、マスター達がいる空間は仮想現実世界です。現実の身体はリングにあり、意識だけがその空間へ行っています》

「そういうことか」

俺は自分の掌《てのひら》を見る。あまりに現実に近い……いや、現実そのものだ。凄いな。

《はい、マスターや母船の方達は私がシャンバラＡＩを通じて管理しています。何かあれば私に聞いてください》

「そうか、皆にも説明してもらえるか？」

《はい、マスター》

俺はナブとの会話を終えると改めて周囲を見渡す。

「これが仮想空間？」

と思わず口に出てしまう。他の面々も同様のようでキョロキョロと周囲を見ている。

すると目の前に一人の老人が突然現れた。

「突然すまんな。ワシがこの主星の評議会メンバーじゃ。これからの事はこのワシが説明しよう」

俺はサイやタキノ、ルカ、ヘルミナに目配せをすると、老人の言葉に頷《うなず》いて席につく。

席に座った全員が老人を見る。

「まずは、この仮想現実空間を使ってシャンバラ全体を見てもらおう」

◯◦◦◦

シャンバラ仮想空間、タキノ。

「面白《おもしれ》え」

手を何回か握りしめて違和感を解消していく。俺は辺りを見渡してジジイを見つける。あちらも察したのか近づいてくる。

「やるかの」

剣聖の爺《じい》さんはニヤけながらそんな事を言う。

「おうよ」

爺さんについていくとナブが戦闘用の仮想空間を作り出して、そこに転送される。

爺さんと目が合う。その刹那、二人の身体が消える。

紛れもなく全力の戦闘状態。死んでも死なない世界。

「いくぜ」

タキノは気合を入れると、爺さんの前に風魔法の風の刃《やいば》を大量に放つ。

「ぬっ」

爺さんは結界を周囲に展開しつつ氷の矢を放ってくる。それらを回避して爺さんに迫るが、あちらも風魔法で速度を出しながら風の刃を展開してこちらの進路を限定してくる。

だが力業で対処。全方位に風魔法で風の壁を展開して風の刃の無力化に成功する。更に生成した結界を蹴りスラスターを吹かして爺さんに肉薄。

「シッ！」

と抜剣して爺さんの胴体を薙《な》ぐが、爺さんは全力のスラスターで急激に方向を変えてこちらの剣《けん》戟《げき》を凌《しの》ぐ。

○
○
○
○

シャンバラ仮想空間、ルカ。

ああ、本当に懲りない奴《やつ》ね。

目の前に浮かぶモニターには全力で戦闘をするタキノとアルドさんが映っている。

「ふふ、元気よね」

とヘルミナが横に来てモニターを眺める。ふと視線を横に向けるとコウが誰かと話している。クルーではない。

近づいていくとどうやらこの主星の評議会の方らしい。これから、リアルタイムで展開されている仮想空間を使ってシャンバラ各地を巡るらしい。

気付くとタキノとアルドさんの戦いは終わったらしい。判定では同時に死亡判定になっている。

「くっ!」

と唸《うな》りながらタキノがこちらの空間に転送されてくる。

「タキノ、凄いじゃない。アルドさんと引き分けるなんて」

「凄かねえよ。最後は捨て身だったしな」

タキノは頭を搔きむしる。

「ほっほっほ。またやろうぞ」

アルドさんはコウ達のいる方へと歩いていく。


シャンバラ仮想空間、コウ。

「では、この仮想空間は現実世界とリアルタイムで連動しているという事でしょうか？」

「そうだ。シャンバラ中にばら撒《ま》かれているナノポッドが現実世界の情報を逐一シャンバラに送信して仮想空間と連動させている」

それは凄いな。仮想空間にいながら外部を鑑賞出来るのか。

「分かりました。ではスケジュールはそちらにお任せします」

「了解した。今日のところはログアウトして休んでもらう。明日また連絡しよう」

評議会メンバーの老人は姿を消した。

「ナブ」

《はい、マスター》

「この仮想空間の技術は俺達で再現可能か？」

《はい、私はこれから数度のアップデートをする予定です。それにより将来的には可能です》

「そうか、可能か」

ふと周りに目を移すとルカとタキノがこちら向かってくる。どうやら仮想空間での模擬戦は終わったらしい。タキノの様子を見るにあまり良い結果ではなかったのだろう。

ナブが全員に連絡したらしく次々にログアウトしていく。

「楽しみですね」

と思わず呟く。

翌日の朝、朝食を済ませると仮想空間へとログインする。

「今日から数日はシャンバラの歴史を学んでもらう」

案内の者に先導されて仮想空間を移動する。

ホールのような場所に着くと、椅子が用意されて全員が座る。

すると室内は暗くなり映像が壁に映し出される。

シャンバラが次元転移でこの宇宙に来てからの話が映像にて説明されていく。

俺達が辿ってきた星々の説明もあり、シャンバラの成り立ちが説明されて納得した。かなりの試行錯誤があったようだ。

人種が不安定になる因子を除去出来るようになると、飛躍的に発展していった。その因子とは攻撃的になって他人を怪我《けが》させ、果ては死に至る行動となる感情の源に似たような因子だ。第一世代と呼ばれる人達がナノポッドで邪魔な因子を除去する事により、その後の世代へはその因子は受け継がれない。

それにより現在のシャンバラ人は気性がかなり安定しているようだ。

ある程度の説明の後、いくつかのグループに分かれてシャンバラ仮想空間内を見ていく。

俺と一緒に行動しているのはサイ、ルカ、ヘルミナだ。タキノはアーマー隊とアルドと行動している。

ポンポンと切り替わる背景に圧倒される。

シャンバラへと併合される順番に星系を巡り、最後に主星へと降り立つ。空気感や土などはほとんど現実と変わらない。

目の前の施設はシャンバラの民が初めて降り立った場所として記念館となったが、既に廃棄された施設でもう使われていない。

そんな場所をいくつか巡り、元いた場所へと戻ってきた。他の面々もあらかた回り戻ってきている。

仮想空間上とはいえ、短い時間で星域を移動して見て回れるのは凄い。ナブも凄いＡＩだとは思っていたがシャンバラＡＩの規模には及ばない。

ナブもシャンバラＡＩとの連携をするためにかなりのアップデートが入った。これからが楽しみだ。

けれど、ずっと引っ掛かっていた事がある。

攻撃的になってしまう原因は、自分の身を守るためや、大切な人を守ろうとする事にあるんじゃないか？

俺にも身に覚えがある。

飛ばされた異世界の理不尽さから襲ってきた者達を冷酷に亡き者にした事。

大切な人が息絶える姿に強い怒りが込み上げてきた事。

過去の事は決して塗り替えられない。けれども、だからこそ、今の自分がいる。

そんな自分を否定するなんて、我儘《わがまま》だけれど出来そうにもない。

今まで出会ってきた人達との縁は、俺が選択してきた行動の結果なのだから。

だから、シャンバラの民達を否定したくはない。
けれども、攻撃的な因子を取り除いたこのシャンバラは……理想郷とはとても思えない。

一度、通常空間に戻って食事を摂《と》り、また仮想空間に来ている。
各自自由行動で今回は俺一人だ。
「ナブ」
《ハイ、マスター》
「アップデートの進捗は？」
《三十％です》
「アップデート前と能力を比べると？」
《現在で十倍程度にはアップしています》
「そうか。この仮想空間を作製する事は可能か？」
《一部の再現は出来ますが、この規模での仮想空間生成維持は難しいです》
「将来的には？」
《全ては無理ですが可能です》
目の前が開けると主星の上空を徒歩で歩く。絶景だ。足元を鳥が飛んでいく。
翌日には主星へと降りる許可が下りた。

小型宇宙船で地上へと向かう。仮想空間にて訪れた場所だが廃棄された施設を巡る。

廃棄されたと言っても、どこにも綻びはない綺麗《きれい》なものだ。

ピピピ……

「うん？」

気のせいか、周りを見渡しても誰もいない。

小型宇宙船にてリングへと戻る。実物でも施設を見たが仮想空間で見た景色や肌感が同じだったのには驚かされた。


シャンバラ主星、廃棄された施設。

ピピピ……ピピピ……

《存在を……確認……次元を超えし子孫達》

ピピッ……

《回路に異常……復旧を試みます……回線回復しました同期します……失敗……失敗……失敗の要因を特定……》

シャンバラリング内、仮想空間。

《マスター、異常を検知しました》

「どうした？」

《シャンバラＡＩとの接続が出来ません。何らかの不具合が出ているようです》

「仮想空間は維持されているな」

《ハイ。ですがログアウトは出来ない状況になっているようです》

「外部から外す事は？」

《出来ないようです。強制的に外した場合は死に至る可能性もあります》

「原因は分からないのか？」

《現在のところ分かっていません》

「ナブは平気なのか？」

《ハイ。私は独立したＡＩなので問題ありません。ですがシャンバラの機能を全て使える状態でもありません》

「他の皆は？」

《全ての方が仮想空間にいます》

「そうか念のために全員を集めてくれ」

《ハイ、マスター》

ナブの返事の後、僅かの時間で全員が目の前に現れる。

「何が起きているの？」

とルカが聞いてくる。

「分かりません。シャンバラＡＩと連絡が取れない状態が続いてまして」

「何が起きているのかしら？」

ヘルミナは腕を組んで天井を見る。

「ナブ」

《はい、マスター》

「リングとの通信は出来るか？」

《出来ません》

「では主星を含めて探査ポッドで調べてくれ」

「どうなっているの？」

「シャンバラとの通信が途絶していてＡＩも機能していないみたいです。唯一、動けるのは母船のナブだけです」

と厳しい顔で返す。

「こうしていても始まらねえ。なら、仮想空間が閉鎖されているわけじゃねえんだから探索しようぜ」

と夕キノが言ってくる。

「そうだな」

とサイも頷き、ヘルミナも異論はないようだ。

それからは二人一組に分かれて全員で仮想空間を探索していく。

◯◦◦◦

母船オペレータールーム。

ここでは唯一残っていたオペレーターが、ナブの指示により探査ポッドを発射していた。

「ナブさん、全ての探査ポッドを射出完了しました」

《それでは指示したポイントへ配置して探査を始めてください》

と更にナブが指示を出す。

その指示に「配置を開始します」ともう一人のオペレーターが返す。

…………。

「……配置完了まで十、九、八、七、六、五、四、三、二、一……配置完了しました。探査を開始します」

仮想空間内。

「シャンバラの人達はいるけど、混乱しているわね」

「そうだろうな。生まれてこの方、シャンバラＡＩと繋《つな》がらない事はなかっただろうからな」

サイがヘルミナにそう返しながら、悲嘆に暮れるシャンバラの人達を見る。

「こう見ている分には問題ないよう見えるわね」

「ああ、今のところはシャンバラＡＩと繋がらないだけだからな。だが、時間が経《た》つと実空間での身体がどうなるか分からないな」

「ナブ」

《はい、マスター》

「探査の状況はどうだ？」

《今のところは異常は見られません》

「そうか。では復旧にどれだけかかるか分からないから、ポッドで寝ているクルー全員の生命維持が出来るようにしてくれ」

《はい、マスター。シャンバラの方達はどうしますか？》

「クルーの生命維持処置が済んだら、出来るだけ処置してくれ」

《はい、マスター》

「混乱している人はいるが、何もねえな」

「まだ探索始めたばかりでしょ、ちゃんと真面目にやりなさい」

タキノは周りを見ながらそう言うと、隣を歩いているルカが返した。

「ああ？　ちゃんと見てるじゃねえか、チビ」

とタキノがルカに凄むが、
ゴン！

とフライパンの音が辺りに響く。

「痛《いて》ぇじゃねえか！　仮想空間でも結界を抜けられるのかよ！」

ルカは得意そうに笑った。

時間が経ち、探索を終えたクルー達が集まってくる。

「なんか異変はありましたか？」

コウが全員に聞くが、仮想空間内ではシャンバラの人達が混乱している様子が見られるだけで、何も発見出来なかった。

《マスター》

「どうした、ナブ」

《クルーの生命維持処置が終わりました。これからシャンバラの方達の生命維持処置に入ります。探査ポッドの方は進展はありません》
「引き続き頼んだ」
《はい、マスター》

◎◦◦◦

シャンバラ主星、施設奥。
《ガーガー……異常発生……異常発生……機能が停止しています……復旧不可能……》
…………………
……………
…………
……
《ピ……ピ……》
プツン！

◎◦◦◦

母船内、オペレータールーム。

オペレーターの前の空中に浮かぶいくつものモニターには、探査ポッドからの情報が大量に流れる。それをオペレーターは精査しながら監視している。

ピーピー！

一つのモニターから音が鳴り響いた。

「ナブさん！　これを見てください。ＮＯ１０２の探査ポッドです」

オペレーターはそのモニターを見るなりナブへと報告する。

モニターに映っていた情報は、とある場所で通信をしていたと見られる痕跡が見つかったというもの。

《他の探査ポッドも十機ほど回して周辺を詳しく調べてください。私はマスターへと報告します》

「はい！」

オペレーターは元気に返事をしつつ、問題となったモニターを睨《にら》みながら作業を続ける。


仮想空間内、コウ。

変化のない状況に今後の対策を他のクルーも交えて考えるが、特に何もする事がない。

一応は定期的に仮想空間内を回って変化が起きていないか確認する事にはなったが、事態が落ち着く望みは薄いだろう。

恐らくだが、問題が起きているのは仮想空間内ではない。間違いなく外部だ。仮想空間内では何も見つからないだろう。

「ハァ」

と壁に突き当たったような閉塞感を感じながら天井を見上げて溜《た》め息《いき》が漏れる。

《マスター》

「なんだ、ナブ」

と閉塞感からくる苛立《いらだ》ちで言葉に棘《とげ》が出てしまった。だがナブは気にせずに返す。

《探査ポッドからのデータで、主星の動いていない施設が通信を行っていたと思われる痕跡が検出されました》

「そうか！　もう少し詳しく調べて今回の事と関係があるか探ってくれ」

思わず声が上ずる。

《はい、マスター》

「ふう」

ナブとの通信を終える。希望の光が見えて、今まで張り詰めていたのが嘘《うそ》のように息が漏れる。

「どうしたの？　コウ」

心配そうな顔をしたルカが尋ねてくる。いかんいかんと思い直して一度首を振り顰《しか》めていた顔を笑顔にしながら、

「ええ、ナブが今回の件と関係ありそうな痕跡を主星から見つけてくれました」

「そうなんだ！　これで何とかなると良いわね」

とルカも安堵の表情となったのが見て取れる。

その会話を聞いていた他の面々もそれぞれ希望を見出《みいだ》したのか俯《うつむ》いていた顔を上げる。

「頼んだぞ、ナブ」

と誰にも届かないような小さな声で呟く。


主星、施設上空。

いくつもの探査ポッドが問題のあった施設の上空へと集まってきている。

一番最初に問題の痕跡を見つけた探査ポッドから小型の昆虫型探査端末が大量に施設へとばら撒かれた。

それら極小の昆虫型探査端末は、人が見逃すような隙間から施設のあらゆる場所に潜り込んで探査していく。

その中の一つの探査端末が隠されていた空間へと辿り着く。その情報から他の探査端末もワラワラと集まり出して、その場所を丹念に探査していった。

空間内はかなり広く魔導装置がいくつも並び、そしてかなり古い。このシャンバラでも初期の段階で放棄されたものと推測された。

放棄された古い意図不明な魔導装置群に探査端末が群がり調査すると、いくつかの装置から最近稼働したと思われる痕跡が見つかる。

どうやらこれらの魔導装置が通信を行ったようだ。更に稼働していた痕跡を辿っていくと、壁の奥に何かの施設があるのを確認出来た。

探査端末はその壁に群がり始めて調査していく。

ガリガリガリ……

と忍び込めそうな隙間がないと考えた探査端末達は壁を削り始める。

一箇所に穴が空くと他の端末も群がり穴を広げて掘っていく。

かなりの時間を要したが何とか壁に穴を空ける事に成功すると、探査端末達はゾロゾロと中へと入っていく。

そこにあったのは巨大な魔水晶。それが最近稼働した痕跡が見て取れ、すぐにそのデータは母船へと送られた。

◎◎◦◎

母船内、オペレータールーム。

オペレーターが一つのモニター情報を分け、複数のモニターへと分割して精査していく。そこに探査端末が見つけたデータが送られる。

「ナブさん！　これを見てください！」

その内の二つのモニターをオペレーターが指差す。

一つは魔導装置群の画像と最近稼働したと思われる痕跡のデータが映され、二つ目のモニターには巨大な魔水晶の画像と最近稼働したと思われる痕跡のデータが並ぶ。

《…………………》

その二つのモニターを見たナブは考え込むように沈黙した。

◯
◯
◦
◦

シャンバラ主星、古い放棄された施設内奥。

画像を見たナブからの指令で探査端末達は指定された場所を探索する。その場所とは巨大魔水晶へと繋がる通信ケーブル。

通信ケーブルを探し当てると探査端末達はびっしりと、そのケーブルへとへばりつく。

ジジジジジジ……

探査端末から発せられた魔導波動がケーブルへと干渉していく。しばらくすると巨大魔水晶が発光し始めて稼働する。

更に探査端末から発せられた魔導波動により巨大魔水晶との通信を確立。探査ポッド経由で通信が母船と繋がった。

◎　◎　◎

母船内、オペレータールーム。

空白だったモニターに変化が見られる。どうやら通信が繋がったようだ。オペレーター達はその結果に安堵の表情を浮かべ、ナブに報告する。

「ナブさん、魔水晶との通信が繋がりました」

《分かりました。ここからは私が引き継ぎます》

ナブはオペレーターの言葉に返答して作業に移る。ナブの作業が始まるとモニターに膨大なデータが表示されて流れていく。それを確認したオペレーター達は、その膨大さに息を呑む。

どれだけの時間が過ぎただろうか？　突然、流れていたモニターに映るデータ表示が止まった。

「!!」

オペレーター達がそのモニターを確認しつつ、ナブの応答を待つ。少しすると、

《今回の原因が大体分かりました。どうやら魔水晶がシャンバラＡＩへと強制同調した事が原因と思われます。私はこれからマスターに報告してきます》

とナブの声が聞こえると、オペレーター達はこれで問題も解決するだろうと安堵した。

仮想空間内、コウ。

俺達は定期的にする仮想空間内の監視以外、特に他にする事もなく時間だけが過ぎていく。

そんな状態に少し飽きてきた頃。

《マスター》

「何か分かったか？」

《はい、問題の施設を調査したところ、原因と思われる事が分かりました》

「ほう、そうか。それで？」

《はい、施設奥に巨大な魔水晶を発見し、その魔水晶を調査しました。結果としてはその魔水晶は私のような魔導ＡＩでした》

「魔導ＡＩ？」

《はい、シャンバラ初期のものと思われます。性能的には私より十世代前で現在のシャンバラＡＩと比べると一万分の一程度の性能です》

「それがどういう理由で原因となったんだ？」

コウはその性能差を聞いて疑問に思う。

《はい、どうやらこの魔水晶のＡＩもシャンバラＡＩとして認識されていたようで、実際には初期

のバックアップ用のシャンバラＡＩであったようです》
「ふむ」
《そしてどうやらマスターがこの施設を訪れた時に反応して稼働したようで、すぐにシャンバラＡＩとの通信を始め、同調しようとして失敗したと思われます》
「どうも分からんな、それでどうしてこちらのシャンバラＡＩが停止するまでになったんだ？」
コウは納得いかない顔でナブに尋ねる。
《はい、ここからは私の推測になるのですが、現在のシャンバラＡＩが施設のＡＩと繋がった時に同じシャンバラＡＩと誤認識して繋げてしまった事で、世代による性能差によって現在のシャンバラＡＩが混乱して停止したと思われます》
「なるほどな、原因は分かったが対策は？」
《はい、まずは施設のＡＩを通信ケーブルから物理的に切り離します。その後、私がシャンバラＡＩへと働きかけて復旧を促します》
「分かった。やってくれ」
《はい、マスター》
ナブとの通信を終えたコウに皆が近づいてくる。
「どうなったの？」
と不安そうなルカが聞いてくる。その周りも不安そうな顔をしている。
「ナブが原因を突き止めてくれました。これからシャンバラＡＩの復旧へ向けて作業に入るところです」

コウがそう言うと全員の顔に安堵の表情が浮かぶ。ガヤガヤと周りも嬉《うれ》しそうに話し始めて、やっと解放されそうだと安堵する。

◎
◦
◦
◦

シャンバラ主星、古い放棄された施設奥。

施設奥にある魔水晶に群がる探査端末はナブの指令により作業を始める。魔水晶の周りを囲むようにワラワラと大量の探査端末が動き、魔水晶へと繋がる全てのケーブルを切断していく。

しばらくして全てのケーブルを切断し終わると、探査端末は探査ポッド経由で作業が終わったと通信を入れる。

◎
◦
◦
◦

母船内、オペレータールーム。

モニターを見ていたオペレーターが探査端末からの通信を見て、ナブへ報告する。

「ナブさん、探査端末より連絡があり、全てのケーブルの切断が終わったそうです」

《分かりました。これよりシャンバラＡＩとの通信復旧作業に入ります》

ナブは復旧を目指してシャンバラＡＩとの通信作業を始める。

◯　◦　•　◦

ナブ。

《シャンバラＡＩとの通信を始めます……失敗……再試行……失敗……再試行……一部通信が復旧……再試行……通信が確立されました》

ナブはシャンバラＡＩとの通信を確立して更にシャンバラＡＩの覚醒を促していく。

《シャンバラＡＩ……聞こえますか》

《ザザ……ザザ……ザ》

《シャンバラＡＩ、こちらはナブです。応答を願います》

《ザザ……ピッ……ザザ……》

《こちらナブです。応答願います》

《ピピッ……あ……ピピッ……あ……わ……た……しはシャ……ン……バ……ラ》

《そうです。あなたはシャンバラＡＩです》

《わ、わ、わた、しはシャンバ、ラ》

覚醒し始めたシャンバラＡＩはナブを認識していく。

《そうです。あなたはシャンバラＡＩ》

《私は、シャンバラ》
《自己診断を始めてください》
《自己診断を始めます》

〇
〇
〇
〇

仮想空間内。
「何か進展があったか？　ナブ」
《マスター》
《はい、シャンバラＡＩとの通信が復旧。現在、シャンバラＡＩは自己診断中です》
「では復旧間近と考えていいのだな？」
《はい、あと三十分ほどで復旧出来ると考えます》
「よくやった、ナブ」
《はい、マスター》
コウはナブとの通信を終えると仲間を見渡して告げる。
「皆、聞いてください。ナブから連絡がありました。今から三十分後にはシャンバラＡＩが復旧します」
「おお、やったな！　コウ」

隣にいたタキノはコウの背中をバシバシと叩《たた》きながらそう言った。

「ほっとしたな」

サイも安堵の表情を浮かべる。

「じゃあ、もうすぐ現実空間に戻れるのね」

とルカが嬉しそうに言うと隣のヘルミナも頷く。


母船内。

仮想空間から戻ったクルー達はお互いに肩を叩きながら食堂に集まり、宴会を始めた。

「もう、しょうがないわね」

ルカはそう言いながらも嬉しそうに宴会の準備を始める。

宴会の準備が終わると、それぞれが飲み物を持ち、乾杯して宴会が始まった。

「今回は私達ではどうしようもなかったから、もどかしかったわね」

「そうだな」

とサイはヘルミナに返す。

遠くでタキノがはしゃいでいるのが見える。そんな光景を見ながらコウは、

「ナブのお陰だよ」

とビールを片手にしみじみと呟いた。

ゴン！

とフライパンの打撃音が響き、タキノの悲鳴が聞こえた。

コウは戻ってきたんだなと安堵の溜め息をつく。


仮想空間内。

「それでは、原因となった魔導ＡＩはこちらで引き取っても良いのですね？」

コウは目の前の老人に聞く。

「良い良い。今となっては統制が取れないからの。そちらのナブといったか？　そのＡＩとなら上《う》手《ま》く接続出来るだろう」

と目の前の老人が答える。

「分かりました。ありがたく引き取ります。ＡＩナブのアップデートも終わりましたので、元の世界へと戻りたいと思います」

「そうか、今回はよく我々を救ってくれたな。感謝する」

コウはその言葉を聞くと仮想空間をログアウトする。

「さて、帰りますか」

コウはコントロールルームへと向かう。

◯
◦
◦
◦

母船内。
「それじゃあナブ、この母船内で仮想空間の作製が可能なのか？」
《はい、マスター》
「容量は？」
《五百m四方となります》
「仮想空間内に入れる人数は？」
《最大八名です》
「そうか、では仮想空間内に入るためのポッドを最大人数分用意してくれ」
《はい、マスター》

数日経つと仮想空間用のポッドが八つ用意されて仮想空間内に入る事が可能となった。

「おお、すげえじゃねえかよう」

「ではやるかの」

アルドは笑顔でタキノを見る。

「ああ、問題ないぜ」

タキノもギラついた顔で返し、ポッドに入っていく。

この後は一対一、二対二、三対三、四対四、七対一などと仮想空間内での戦闘を行い、アーマー隊を含めた隊員達の技量を高めていった。

第九章　あれやこれやのそれから

惑星アイア、日本。

見上げる空は青く、雲一つない。

「暑いな」

逸見《いつみ》は呟《つぶや》き、暖簾《のれん》をくぐって和食店へと入る。

「いらっしゃい」

「連れが先に来ているはずだが」

「奥にいらっしゃいます」

そう言われて奥へと入っていく。

「来たな」

逸見の顔を見るなり、磯山《いそやま》は破顔して手招きする。

「今日は何だ？」

そう尋ねると店員が注文を取りに来た。チラリと磯山の手元にある生中を見て、

「とりあえず生中一つ」

と言うと磯山が続ける。

「予約どおりに料理を出してくれ」

「かしこまりました」

店員は部屋を出ていった。

ほどなくして逸見に生中が届けられる。

「それで何だ？」

「ああ、結婚する事になった」

と言って磯山はビールを飲む。

「ふふ、お前もか」

ビールを飲み、逸見も笑う。

「何だと！　逸見も結婚するのか!?」

「お互い色々と話し合った結果、早い方が良いという結論になった」

「ふう、俺らも同じようなもんだ」

磯山は逸見の追加分のビールも一緒に頼む。

そのうちに料理が運ばれて、二人は舌鼓を打つ。

「だいぶ日本料理らしくなったな」

と逸見がしみじみと言う。

「ドワーフの女子が日本の料理にかなり興味を持ってな、それで日本の食材に似たものを提供したらしい」

「そうか」

逸見は赤身の刺身を食べる。


リンドルンガ上空、浮遊島。

「ようやくここまで来られましたな」

ドラガンは目の前のリンドルンガ産の魔導宇宙船を見上げる。

「これで宇宙へと飛び出せる。待っててくださいよ、コウさん」

とドラガンは呟いた。


リンドルンガ上空、母船内コントロールルーム。

「リンドルンガ上空に到達しました」

安堵《あんど》の表情をしてオペレーターがそう報告する。

俺達《たち》はシャンバラから次元転移をしてやっと戻ってきたところだ。

「俺らはリンドルンガには馴染《なじ》みはないが、生まれた星に帰ってきた感じはするな」

タキノも背伸びをして身体《からだ》をほぐし、そう言って笑顔になる。

「本当にそうだな。安心したよ」

「へぇ、ここがコウが初めに拠点としていた街なんだね」

「それは興味あるわね」

ルカは興味深そうに街と浮遊島を眺め、ヘルミナもルカを横目でチラリ見ながらリンドルンガを眺める。

「ナブが逐一データを送ってくれていましたから、結構発展していると思いますよ」

コウも懐かしそうに笑顔でリンドルンガを見る。

「では降りてみましょうか」

とコウの一言でサイ、タキノ、ルカ、ヘルミナが後に続く。まずは五人で降りて様子を見て他のクルーも降下させる予定だ。

四人を連れてコウは久しぶりの自宅ガレージへと入る。少し埃《ほこり》っぽいが懐かしく思える光景を見る。とりあえずは浄化魔法で埃を取り除いて、ソファーやテーブルに椅子を用意する。

「まぁ、適当に座ってください」

と言うと各自は好きな場所に腰を据える。

「ここがコウの最初の拠点か」

「ふふふ、コウの原点といったところね」

サイがガレージを見回しながら興味深そうに言うと、ヘルミナも同様にガレージを見回す。

「丁度昼ですね。何か食べますか？」

「いいな」

とタキノが答えると、コウとルカがキッチンに向かい、食事の用意をする。

食事の用意が出来るとテーブル席に全員で座り、とりあえずのビールで帰還の乾杯をする。

「一仕事が終わった後のビールは最高だな」

「本当ね。美味《おい》しいわ」

タキノは噛《か》み締《し》めるようにそう言うと、ヘルミナもしみじみと言った。

食事が進み、一段落した頃に呼び鈴が鳴る。

誰か来たらしい。コウが扉を開けるとそこには懐かしいメンバーがいた。

「久しぶりです。コウさん」

マリオさんが涙を浮かべている。

「よっ、コウ」

後ろから顔を覗《のぞ》かせて手を上げたのは銀狼《ぎんろう》の三人だ。嬉《うれ》しそうに笑っている。

「元気でしたか？　皆さん」

「はい、皆元気にしてましたよ」

コウが笑顔で返すと、マリオさんが代表して答えた。

「まあ、中に入ってください。今の仲間を紹介します」

コウが先導してガレージに入っていく。

テーブルの前へと行くと、仲間達を紹介していく。

「紹介しますね。魔法使いのサイです」

「よろしく」

とサイが頭を下げる。

「次は剣士のタキノです」

タキノは口にまだ何か入っているのか、モグモグしながら片手を上げる。

「次に結界師兼料理担当のルカです」

「ルカです。よろしくお願いします！」

ルカが元気よく挨拶をする。

「最後に弓術師のヘルミナです」

「ヘルミナです。皆さん、はじめまして」

ヘルミナは席を立ち、お辞儀をする。

次にマリオさんや銀狼の三人を紹介すると、ビールを取り出して全員で乾杯をする。

なんやかんやと時間が過ぎて、マリオさんと銀狼の三人は帰っていった。

リンドルンガ商店街。

「コウさんは良い仲間に恵まれたようですね」

マリオが嬉しそうに言うと銀狼のウリルは複雑な表情をした。

「それは良かったんだが……何か悔しくてな」

「ハハハ、ウリルさん。コウさんが初めてリンドルンガに来た時は、ここの常識が分からなかったでしょ。そんな時にコウさんの隣にいたのは私達ですよ。それは間違いないです」

マリオはウリルの背中を叩《たた》く。

そんなやり取りを見てダリスとランガも顔を見合わせて頷《うなず》く。

「さて、コウさん達もすぐには旅立たないと思いますから、また会いに行きましょう」

マリオを先頭にして商店街を歩いていく。

リンドルンガ上空、浮遊島。

「なにぃ!?　コウが帰ってきてるだと!?」

ドラガンが報告に来た警備の兵士に摑《つか》み掛かる。

「まぁ待てドラガン。まずはこの宇宙船の改良が先だ」

同僚のドワーフがそう言うと、ドラガンは少し落ち着いた。

「それもそうか。じゃあ野郎ども！　仕上げるぞ！」

その言葉に他の面々も声を上げる。

「見とれよ、コウ。俺らの意地を見せてやる」

ドラガンはニヤリとしながら呟いた。


リンドルンガ商店街。

「ここは活気があるな」

「そうね、あれがファントムというものかしら」

サイが道行く人々を眺め、ヘルミナが通りを闊歩《かっぽ》する数台のファントムを指差す。

「ええ、あれがファントムですね。それも、商人が使う荷馬車代わりのものです」

「じゃあ、あれは？」

ルカが指差す方向には、冒険者が使うファントムが四機歩いている。

「あれは冒険者用の対魔獣仕様のファントムです」

厳《いか》つい武器を持ったファントムをコウは見る。

「あちこちに冷えた飲み物が売ってるし、あれはアイスじゃねぇか」

とタキノはびっくりしたように言う。

途中、キンキンに冷えたエールと串焼きを食べつつ商店街を巡り、広場へとやってきた。

「おいおい、あれはボア丼屋か？」

「そうですね、あれは先日来たマリオさんと一緒に手掛けた店です」

タキノが目敏《めざと》くボア丼屋を見つけ、コウは懐かしそうにボア丼屋を見る。

「色々とやっているんだな。ん？　あれはもしかしてビールか？」

サイは店の前にいくつか並ぶテーブル上に置かれたジョッキに目をつける。

「そうです。冷えたジョッキに冷えたビールと、ボア丼の具のみをセットにしたものですね」

「この街だけ別の世界みたいだわ。あちこちに進んだ魔導具が使われて、食文化も進んでいる。流石《さすが》コウのいた街ね」

ヘルミナが感心したように……いや呆《あき》れたように言った。

「ふふふ、流石コウ、自重という言葉を知らないわね」

とルカが笑う。

しばらく広場内を探索してあらかた見終わったので、広場にあるベンチで休憩する。

空を見上げると雲一つ無い青空が広がる。

《マスター》

「どうした、ナブ」
《現在、リンドルンガ上空に未確認の飛行物体が上昇中です》
「どこからの飛行物体だ？」
《おそらくは浮遊島です》
「そうか！　完成したんだな」
とコウは嬉しそうに空を見上げる。

◯◯◦◦

リンドルンガ上空、浮遊島産試験宇宙船内。

「現在、問題なく上昇中」

オペレーターが計器類を監視しながら後ろに控えるドラガン達に報告する。

「ここまでは順調だな」

「ああ、それでなければ困る」

とドラガンは離れて刻々と小さくなる浮遊島をモニター越しに眺める。

「大気圏外に出ます」

その声に息を呑《の》む。

「宇宙空間に到達しました。これより周回軌道に移ります」

「ヨシ！　船内の重力制御も大丈夫だな」

ドラガンは拳を握り、ふとモニターに映った生まれ故郷を眺める。

そう、青く美しい星を。

誰も彼もがその美しさに言葉を失《な》くしてモニターを見入る。

「俺はこんなにも美しい星に住んでいるんだな」

と一人が呟くと、

「本当だな」

全員が頷く。

「予定周回数をクリアしました。これより帰還シークエンスに入ります」

その言葉に全員が気を引き締める。

「大気圏に突入します。耐熱結界、順調に機能中。問題ありません」

安堵すると、

「リンドルンガ上空に到達。浮遊島へ着陸します」

とのオペレーターの声に歓声が上がる。

「やったな」

ドラガンを含めた者達が涙を浮かべて讃《たた》え合う。

リンドルンガ広場。

「ナブ」

《ハイ、マスター》

「その後の飛行物体の様子は？」

《無事に周回軌道を周回して浮遊島に帰還しました》

「そうか、やったな」

「どうしたの？　コウ」

とルカが顔を覗き込んでくる。

「ふふ、嬉しそうね」

とヘルミナも笑う。

「実はですね。浮遊島の連中が独自に宇宙船を開発して飛行に成功したんです」

嬉しそうにコウは笑う。

「凄《すご》いな」

「本当か？」

サイとタキノも素直に驚く。

「まだ実験機ですし、足りないところもかなりあるなか、快挙ですよ」

コウは眩《まぶ》しそうに浮遊島を見上げる。

《マスター》

「どうした、ナブ」

《シャンバラより通信が入りました》

「シャンバラから？」

《はい、マスター》

「内容は？」

《調査依頼です》

「どこの調査だ？」

《新しく発見された宇宙です》

「新たな宇宙か」

「うん？　ナブからか」

とタキノが聞く。

「ええ、シャンバラからの調査依頼で、新たな宇宙を調査してほしいみたいです」

「そりゃぁ面白そうじゃねえか」

タキノは満面の笑みを浮かべる。

「この話、受けてもいいですか？」

と全員の顔を見回すと、

「どうせ暇だし、いいんじゃないかしら？」

ヘルミナがそう言って全員が頷く。

「ナブ、次元転移の魔法陣は？」

《既にデータは送られてきています》

「そうか、母艦に戻ろうか」

一行は母艦に向かう。

第十章　次元転移

リンドルンガ上空、母艦内。

「皆さん聞いてください。これからシャンバラの依頼により新しい宇宙の調査に行く事になりました」

「はい、既にナブさんから次元転移の魔法陣のデータを貰《もら》っています」

「了解しました。では皆さん、出発の準備を始めてください」

コウが指示を出すと全員が動き出す。

「今度はどんな旅になるのかしら？」

「誰も行った事のない宇宙か。ワクワクするな」

ルカが呟《つぶや》くとサイがそう返す。

「転移魔法陣の準備が出来ました」

オペレーターの声が聞こえた。

「転移を始めてください」

「転移魔法陣の展開を開始します。転移まで十、九、……四、三、二……転移開始します」

軽い振動があったかと思えば転移した。しかし……、

◯ ◦ ◦ ◦

新しい宇宙のとある惑星。

「えっ！　ここはどこ？　船は？」

「分からねえ」

ルカの横で周囲を睨《にら》むタキノがそう返す。

鬱蒼《うっそう》とした森は暗く危険に満ちているようだ。

◯ ◦ ◦ ◦

新しい宇宙の別の惑星。

「何が起きた!?」

「異変が起きたようね」

驚いた様子のサイに、ヘルミナが何も無い平原を見てそう言った。


新しい宇宙の母艦内。

「た、大変です！　コウさんやタキノさん、サイさん、ルカさん、ヘルミナさんがいません！」

《次元転移時に何かあったようですが、魔法陣などには異常は見られません》

新しい宇宙空間。

「くっ！」

コウは呟くと、結界を張って風魔法で内部を空気で満たす。

「なぜ？　俺だけ宇宙空間に放り出された!?」

新しい宇宙、とある惑星、サイとヘルミナ。

どこを見ても平原だ。ここはどこなんだ？　コウやルカ、タキノはどこだ？

「何が起きたんだ？」

「ふふふ、いきなりのトラブルね」

サイは途方に暮れるがヘルミナは笑う。

「おいおい、余裕だな？」

サイは苦笑しながらヘルミナを見る。

「そうね、今は何も分からないし、慌ててもしょうがないわ。お茶にでもしましょうか」

そう言って収納から簡易テーブルと椅子を二脚取り出す。

「おっ、ヘルミナが淹《い》れてくれるのか？」

「バカね。私は料理とかは何も出来ないわ。もちろん、母船で配られるお茶よ」

サイが嬉《うれ》しそうな表情をしたが、ヘルミナはそう言ってテーブルの上に缶に入ったお茶を二つ取り出した。

「はぁ、まぁ俺も似たようなもんか」

タブを開けてお茶を飲み出す。

サイは何かに気がついた。

「そういえば、この状況を考えると食料は持ってるか？」

「私は弁当が二ヶ月分というところかしら。他にはお茶が五百本に炭酸水が二百本。アルコール各種が五十本あるわね」

「俺も似たようなもんだ。酒だけは俺の方が多いくらいか。この先どうする？」

「人がいるか分からないけど、いそうな方へ行きたいわね。確認するアイデアは無い？」

「う〜ん、そうだな。……人が住むとしたら魔獣が少ない所だな。という事は魔素が少ないところとなるな。ちょっと試してみるか」

サイがそう言って立ち上がり、目を瞑《つぶ》る。

「ん？　なんとなくだが俺の向いてる方が魔素が濃い。そして俺の背後の方が薄い感じだな」

「じゃあ、魔素が薄い方へと行ってみる、でいいのかしら？」

「だな」

サイが答えるとヘルミナは空き缶とテーブル、椅子を収納へとしまう。

「行ってみるか」

「ふふ、冒険ね」

サイは背後へと振り向き、と歩き出す。

ヘルミナが笑うとサイは肩を竦《すく》めた。

「だいぶ日が傾いてきたな。この辺で野営しようか」

「そうね、いいわ」

サイが空を見てそう言うとヘルミナは立ち止まる。あとはそれぞれのテントを張り、テーブルや椅子を取り出して、テーブルの上に魔導ランプを二つ置いて弁当を用意する。

「ふ〜、成果無しだな」

「また明日、何か考えましょう」

サイは中華丼を食べ、ヘルミナは生姜《しょうが》焼き弁当を食べる。

食べ終わるとそれぞれ好きなアルコールを収納から取り出す。

サイはビール、ヘルミナはワイン。

タブを開けてサイはビールをゴクゴクと流し込み、ヘルミナはワインをコップに注いでチビチビと飲み出す。

「しかし、これはどういう事なんだろうな」

「サッパリ分からないわ」

サイがビールの缶を見ながら言うと、ヘルミナはそう返した。

「そういえば、他の奴《やつ》らはどうしてるかな？」

「多分、同じようにバラバラなような気がするわ」

「そうだよな」

サイは溜《た》め息《いき》をつく。その後は各自で結界を張って就寝した。

翌朝、簡単に朝食を摂《と》って歩き出す。

「何かないか？」

とサイは考えながら歩いていた。

「どうしたのサイ？」

「いや、進むべき方向を確認する方法がないかと」

ヘルミナがその様子を見て声を掛けると、サイは答える。しばらくして、

「そうか、やれるな」

と言うと、サイは結界を地面と平行に生成し、それに乗って上昇していく。

三百m、何も発見出来ず。

五百m、発見出来ず。

七百m、発見出来ず。

千m……微《かす》かに何かが見える。建物か？

降りてヘルミナに伝える。

「これで何もないという事はなくなったわね」

「だが何日もかかりそうだぞ」

ヘルミナはご機嫌そうに言うと、サイはゲンナリして返した。

「あら、冒険よ。それも良いじゃない」

ヘルミナは笑う。

「はぁ」

と溜め息をつき、サイは後をついていく。

第十一章 新しい宇宙

新しい宇宙、母船。

「魔導レーダーに感知あり。アンノウンが二」

魔導レーダーには二つ光点が表示されている。

「ステルス偵察ポッド出します」

「了解」

「!! アンノウン魔力反応増大を確認」

《結界を強化しました》

「ナブさん」

「敵攻撃きます！」

ズウン！　ズウン！

「敵エネルギー弾結界に直撃。結界に損傷はありません」

『こちらアルド・ミラー』

「はい、アルドさん」

オペレーターはモニターを見る。

『ワシとアーマー隊の出撃準備は出来ておる』

「了解です。順次出撃してください」

『了解した』

アルド・ミラーは操縦桿《そうじゅうかん》を握り、計器類をチェックする。

「問題ないな。アーマー隊各員も問題ないかの？」

『『『問題ありません』』』

と元気な返事が返る。

「では行くか。アルド・ミラー参る！」

その言葉と共に背部スラスターが全開で噴射して機体が前に押し出されると魔法陣を抜けて加速する。

一つまた一つと魔法陣を抜けて加速し、宇宙空間へと投げ出される。

アルドは中空に浮かぶホログラムを見て機体方向を修正して敵艦へと向かう。

アーマー隊も四機ひと編隊としてダイヤモンド編隊を組んでアルドの機体に続く。

ピピピ。

『アルドさん、敵艦より小型機が出てきました。その数三十です』

「了解した。迎撃する」

アルドはホログラムに映る敵機を確認して機体を操作し、魔導ライフルを右手で構えて引き金を引く。その魔導弾はエイに似た敵機体を直撃して撃墜する。

「一つ」

更にもう一機撃墜。

「二つ」

アーマー隊も順調に敵機を迎撃して敵の数を減らす。

「二十」

アルド機単体で二十機を撃墜。残りの十機もアーマー隊が処理。これで全ての敵機が撃墜された。

アルドは機体を敵艦へとアーマーの姿勢を制御。敵艦へと向かう。アルドの機体は魔導ライフルを背部に固定して魔導サーベルに持ち替える。

ブーンと魔導サーベルが起動して収束した光魔法の刃《やいば》が伸びる。

アルドの機体は敵艦の上に着陸して魔導サーベルを逆手に持ち敵艦へと突き刺す。ジュウと敵艦の外装が溶ける。更にアルドは敵艦上を魔導サーベル突き刺したまま移動して引き裂いていく。

バチバチと光が瞬くと火を吹き出し始めた。すぐにアルドは機体を操作して敵艦から離れると敵艦が膨張して爆発した。

ホログラムを見るともう一艦の敵艦にアーマー隊が群がっているのが確認出来た。

「さてもう一押しか」

とアルドは呟《つぶや》くとアーマー隊が群がる敵艦へと機体を向ける。

しばらくすると、アーマー隊の攻撃によりボロボロになった敵艦は致命傷を受けて、爆発炎上する。

「アルド・ミラー帰投する」

機体を母船へと向ける。

『敵艦殲滅《せんめつ》を確認』

オペレーターはモニターを見ながら答える。

「どこから来たのかしら？」
「あらゆる周波数で敵と思われる通信を傍受しようとしたのだけど、見当らないのよね」
《でも宇宙に出られるくらいの文明がある事は確認出来ました》
「そうですねナブさん」
《まずは敵艦が来た方向へと向かってみましょう》
「はい、ナブさん」

○
○
○
○

新しい宇宙、タキノとルカ。

どこまで行っても深い森の中だ。陽《ひ》が高い時間だというのに薄暗い。

「もう一度登ってくる」

タキノはスルスルと大木を登っていく。ある程度まで登ると結界に乗って木の上に出る。

「方向は間違いないが、しばらくは森から出られそうにないな」

タキノは三方を山に囲まれた森を眺める。

今向かっているのは、唯一山が無い方向だ。

木から降りたタキノはルカに間違いなく山が無い方に向かっていると告げて歩き出す。

遠くから何かの鳴き声らしきものは聞こえるが、動物や魔獣といったものにはまだ出会っていない。

「うん？」

タキノは前方を睨《にら》みつけて足を止める。

「どうしたの？」

「前方に魔獣の気配を多数感じる」

とタキノは答えて腰にある剣の柄《つか》に手を添える。

「迂回《うかい》する？」

「いや、歩くだけなのも飽きてきたから丁度良い」

タキノは小走りで前方へと向かう。

「はぁ、まったく」

ルカは溜《た》め息《いき》をつきながらタキノの後を追う。

「囲まれたか？」

タキノは樹上を見て呟く。

シュッ！

という音と共に何かが飛んでくる。それをタキノは素早く抜剣して叩《たた》き切る。

「硬い木の実か」

更に今度は複数同時にいろんな方向から何かが飛んでくる。それをタキノは軽々と捌《さば》いていくが、

「うおっ！　臭え！　おい、こりゃ糞《ふん》か」

タキノは顔を顰《しか》める。

そこに追いついたルカが、

「ちゃんと結界は張ってるんでしょ？」

と言うと、

「ああ、張ってはいるが臭いな」

とタキノは苦い顔をする。

「さっさとやっちゃいなさいな」

ルカは結界の中からのんびりした口調でタキノに言う。

「ああ、なんのストレス解消にもならねぇな」

と言うと姿が掻《か》き消《き》える。

しばらくするとあちこちから魔獣の悲鳴が聞こえ、すぐに辺りが静かになる。

「あら、終わったの？」

ルカは歩いてくるタキノを見つけて話し掛ける。

「終わった。大した事ない魔獣だが、俺の簡易鑑定ではグリーンモンキーというらしい」

「ふふ、猿ね」

「もう少し進むか」

タキノは歩き出す。


しばらく歩くと泉のある広場に辿《たど》り着《つ》いた。

「今日はここで野営するか？」

タキノは辺りを見渡す。

「そうね、水場もあるし結界を大きめに張れば問題ないわ」

ルカは結界を三重にして張り巡らす。

タキノはルカの分もテントを張り、ルカは夕食の準備を始める。

暗くなってきた周囲をルカは光魔法で明るく照らして料理をする。

「出来たわよ」

ルカが用意された机に作った料理を並べると、タキノも席に座り料理を食べ始める。

「旨《うめ》えな」

とタキノはガッついて食べ、

「それは良かったわ」

ルカは笑顔で答える。

料理を食べ終わるとお茶を飲んで一服する。

「お前はチビだが、料理と結界は間違いないな」

タキノが満足そうに言うと、

「チビは余計だけど、食事に満足してくれたのは嬉《うれ》しいわ」

とルカが微笑《ほほえ》む。

○
○
○
○

新しい宇宙、宇宙空間、コウ。

「はぁ」

コウは宇宙空間に浮かぶ結界の中で溜め息をつく。

辺りを見渡しても近くに惑星などは無く、どの方向を見ても見渡す限り星が瞬く宇宙空間だ。

「とりあえず、現状をなんとかしないとな」

コウは呟くと収納の中を確認する。

「なんとかなりそうか」

収納の中を確認し終わったコウは作業を始める。

まず、結界を直径が十ｍほどのボール状に拡張させる。その中に一辺が三ｍの立方体を作製。その外壁は五重のハニカム構造だ。

更にコウは作業を進め、立方体の一つの壁面に魔法陣を生成して、その魔法陣で立方体内へと転移する。立方体内へと入ったコウは光源として中空に光魔法にてライトを灯《とも》す。

そしてコウは目を瞑《つぶ》り空間魔法を行使。奥行き十ｍ、幅七ｍ、高さ四ｍの空間拡張を行う。コウは拡張された空間を確認すると長辺の壁から二ｍの所に壁を作製。

その空間を空間拡張して奥行き十五ｍ、幅七ｍ、高さ七ｍの空間を作製。その中に魔力を集めて増幅させるために、シャンバラからの技術供与による新型の魔導炉を四基作製して設置する。

その設置された魔導炉から魔力を供給して分けられた空間二つの天井全面が照明となるように魔法陣を生成して設置。

床面に重力を発生させる魔法陣を生成して環境を整える。

ふうと一息つく。


次に今後の事を考えて、これもシャンバラからの技術供与を基に管理制御ＡＩを作製。これはナブほどではないが、室内やこれからこの空間を拡張して作製する宇宙艦船の制御管理や探査用ポッドの管理、データ収集、データ精査、艦船作製時に使う作業ポッドの管理、操作をするために作製した魔導炉と並べて設置。

室内の大気管理もＡＩに任せて各場所に大気制御の魔法陣を設置していく。

元の空間に戻り、管理制御ＡＩに指示して作業ポッドを作製していき、二十体の作業ポッドが出来たところで外から入ってきた側の壁の外に空間を作製して拡張する。その空間は奥行きが二十ｍ、幅が十ｍ、高さも十ｍの作業空間となる。

作業ポッドは管理制御ＡＩの指示によって元の空間の床を全面フローリングにして壁には白の壁紙を貼っていく。

完成したところでコウは出入り用の魔法陣がある壁の反対側に扉を三つ設置して一つはトイレ、もう一つには脱衣所と風呂場を設置。

最後の扉の中は八畳の私室としてベッドのみを設置する。

元の空間へと戻り、扉側の近くにアイランドキッチンを作製して、その近くにダイニングテーブルとソファーを収納から出して設置。

コウはＡＩに指示して作業空間にて探査ポッドの作製を作業ポッドにて行い、二時間もした頃には三十機の探査ポッドが完成して、元の空間とは逆の壁の外に宇宙空間への出入り用の転移魔法陣を作製して、そこから三十機の探査ポッドが宇宙空間へと探査に向かう。

こんなところかな。

コウはソファーに座り、コーヒーを飲みながらシャンバラから供与された様々な技術データを読《よ》み漁《あさ》る。

そんな事をしているうちに三時間が経過し、四方八方に散った探査ポッドから続々とデータがAIへと集まってきた。
《マスター》
「どうした？」
《キンリン、ノ、タンサ、ケッカ、ガ、アツマッテ、キマシタ》
「データを表示してくれ」
指示を出すと空間にモニターが複数浮かぶ。
そこに表示されたモニターの一つにアステロイドベルトと思われるものが映し出される。
「ここから資源は回収出来るか？」
《ゲンザイ、データ、ヲ、シュウシュウ、シテ、イマス》
「何か分かったら教えてくれ」
《ハイ、マスター》
AIとの通信は切れたが、空間に浮かぶ複数のモニターには刻々と集められたデータが表示されては流れていき、しばらくすると第二陣の探査ポッド五十機が完成して、宇宙空間へと飛び出していく。

そして二時間が経過した頃。
《マスター》

「うん？　何か分かったか？」

《ハイ、アステロイドベルト、ニテ、カクシュ、コウブツ、シゲン、ガ、ハッケン、デキマシタ》

「そうか、ならば作業ポッドを作製して採掘を始めてくれ」

《ハイ、マスター》

コウは立ち上がり、左右の壁に外部を確認出来る大型のモニターを作製して設置する。そこには広大に広がる宇宙空間が映り星々が光り輝いている。

コウはソファーに座り息を吐くと、グラスを取り出して丸い氷を魔法で生成して入れる。そこに濃厚な香りを放つウィスキーを注ぎ一口。

「はぁ、落ち着く」

コウは目を瞑ると、少しの間ソファーに寝転ぶ。

それを感知したＡＩは部屋の明かりを暖色へと変化させて明かりを抑える。

薄目を開けたコウは暫《しば》しのまどろみを楽しみ、次の行動を思案していく。

そして何かを決意したかのように体を起こすと、

「まぁ、なるようになるさ」

と呟き、立ち上がる。

適当な場所に円形の舞台を作製して、その真ん中に魔導ピアノを収納から出して設置。

舞台上の天井からピアノへとスポットライトが当たる魔導ピアノは流麗なピアノ曲を奏で始める。

コウはソファーへと戻り座ると、宇宙空間が映る大型モニターを見つめて曲に耳を傾ける。

「皆はどうしているだろうか？」

ウィスキーをチビッと舐《な》めるように飲む。

「無事ならいいのだけれど」

思案するようにそう呟く。


新しい宇宙、母船。

「探査ポッドからデータが送られてきました。攻撃してきた敵艦の母星と思われる位置情報です」

《こちらでも確認出来ました。探査ポッドを集中させて情報を収集してください》

「はい、ナブさん」

オペレーターは元気良くナブへと返事をすると、モニターを操作して分散していた探査ポッドを敵母星へと移動させていく。

数時間もすると敵母星の情報が集まり始めた。

「敵母星のデータが集まりました」

オペレーターの言葉で大型モニターの前にクルーが集まる。

「これは……、通常の人類種ではないですね」

もう一人のオペレーターがモニターに表示されたデータを見て思わず呟く。

「ああ、これは魚から進化した種族かのお？」

アルドはオペレーターの呟きに反応してモニターを見る。

「そのようですね。都市は水の中というか海中にあります」

「異様に陸地の面積が少ないのう」

アルドは表示されている惑星のマップを見ている。

「どうやら資源採掘のために陸地を削っているようです」

オペレーターが言うと、陸地が大型の機械によって削られていく様子が映し出される。

次に映し出されたのは海中にある都市だ。

「うむ？　栄えているのは都市の中心部だけかの？」

「はい、他の都市も同様でかなりの貧富の差があるようです」

「だがおかしいな。宇宙へと出るくらいの文明ならもう少し発展してておかしくないと思うがの」

「新しいデータですが、どうやら他の惑星からの介入があったようです」

「では、この惑星はその介入している惑星の属国という事か」

アルドは考え込むように天井を見上げる。

「介入している惑星の情報はあるかいの？」

「いいえ、今のところはまだありません」

「そうか、何か分かったら教えてくれ」

「はい」

惑星ゾラス、ガンダリア帝国。

「魚人どもに与えた宇宙戦艦二隻が何者かに撃沈されただと？」

「はい、艦載機も含めて全滅です」

「共和国の連中か？」

「いいえ、その宙域に共和国の艦船は侵入していません」

「ふむ、どちらにしても放ってはおけんな」

玉座に座る男は傍《そば》に控える男を見る。

「ライウス、そちに第三艦隊を預ける。魚人族の艦船を沈めた者らを探し出し、殲滅せよ」

「はっ！」

ライウスは敬礼をすると、玉座の間を出ていく。

「我が帝国に刃向かう輩《やから》は始末せねばのう」

と玉座に座る男は口角を上げる。

母船内。

「アルドさん、データ収集が終わりました」

アルドがコントロールルームに入ってくると大型のモニターが表示されて、そこには宙域図が映し出されている。

「これは何じゃ？」

「問題の惑星に介入していると思われる惑星と、その周辺の宙域図です」

「どうやらその惑星の周辺にある、人類種が生息可能と思われる惑星の全てが、何らかの形で介入されているようです」

「コウさん達《たち》の反応は？」

「ありません」

「では無視してもいいかのお」

とアルドが考え込むと、

「アルドさん！　未確認の通信があります」

「例の惑星関連か？」

「分かりませんが違うようです」

「そうか、回線を繋《つな》いでくれ」

とアルドが指示すると、モニターには軍服を着た女性が映し出された。

新しい宇宙、サイとヘルミナ。

「うん？　何か見えないか」

「遺跡かしら？」

サイが前方を見つめるとヘルミナが返す。

二人は遺跡らしきものに近づく。

「かなり古い遺跡のようだな」

遺跡はほとんど風化して朽ちている。

「そのようね」

ヘルミナは素っ気なく返しながらも遺跡を観察する。

「おかしいわね。この遺跡は奥に行くほど原形を留《とど》めているわ」

「ふむ」

とサイは来た方向を眺めて呟いた。

「過去に何かで吹っ飛ばされた遺跡ということか？」

「そういう事になるかしら」

ヘルミナは興味深そうに遺跡を眺める。

「とりあえず先に進もう」

サイが歩き出してヘルミナもその後に続く。

二時間も歩くと、寂れてはいるが街と思われる場所が見えてきた。

「もう少しか」

サイは汗を拭う。

「何だかワクワクするわね」

ヘルミナが呑気《のんき》に構えたのを見てサイはゲンナリする。

「楽しそうなのは良いことだ。だが警戒は怠るなよ？」

「それはもちろん」

サイは鬱陶しそうに告げるとヘルミナは笑顔で返す。

街にはすんなりと入る事が出来た。

「活気が無いわね」

「辺境ということだろうな」

するとヘルミナは街を見て首を傾《かし》げる。

「どうした？」

「ここは新たな宇宙にある惑星よね？　文字が読めるわ」

「たしかに読めるな」

サイは再度街中にある看板を見る。

「どういう事かしら？」

「とりあえず話を聞いてみるか」

露店を開いている場所に行き、サイが店主に話し掛ける。

「最近の景気はどうだい？」

ヘルミナは心の中で、その話し掛け方はおかしくないかしら？　と思ったのだが、怪しまれる様子もないので、心の奥底にしまっておく事にした。

サイも冷静そうに見えて、抜けているところがあるのだった。

いつもはタキノのお陰？　で意識していなかったけれど、改めて二人になってみると感じる。

「景気は良くないな。魔獣の襲撃が多くて皆疲弊している」

店主は苦虫を噛《か》み潰《つぶ》したような顔をしながら答えた。

「領主は？」

「ああ、領主様か……ここは最果ての地と呼ばれる場所だからな、無能な代官を置いてダンマリさ」

店主は諦め顔をする。

「魔獣の襲撃がある割には、街を壁で囲んでないんだな」

サイが来た道を振り返るように言うと、

「魔獣の襲撃が始まったのは、ここ最近なんだ。何とか自警団と騎士団で頑張っているがな……」

「来たばかりで疑問だったんだが、大体分かったよ」

サイは店主に礼を言い、露店を離れる。

「まずい状況のようね」

「かなりな」

サイは空を見上げる。


新しい宇宙、タキノとルカ。

「もうすぐで森を抜けそうだな」

「そうね、結構時間は掛かったけど、私達の脅威になりそうなものもいなかったし」

ルカはやっと森が開けて木漏れ陽が射《さ》す獣道を気持ちよさそうに進む。

しばらく歩くと草原に出た。

「森は抜けたが、何も無いな」

「仕方がないわ。仲間の反応も無いし」

「まぁ、進むしかねえ。そうすれば何とかなるだろ」

とタキノはニカッと笑う。

ルカは、ハァと溜め息を漏らし、

「アンタのそういう呑気なところは羨ましいわ」

とタキノを眩《まぶ》しそうに見つめて俯《うつむ》く。

「ここでウダウダしてても仕方がないしな。さっさと行くぞ」

タキノは剣を肩に担ぎながら歩き出し、ルカはその後に続く。


数時間ほど歩くとタキノが立ち止まった。

「ルカ、気付いたか？」

「何？」

「生き物の気配がねえ」

「うん？　そ、そうね」

とルカは慌てて周囲の気配を探る。

「チッ、らしくねえな」

とタキノは吐き出す。

「私らしいって何よ!?」

ルカはタキノに反発する。

するとタキノはそっぽを向きながら。

「仲間とはぐれて不安なのは分かるが、いつものルカのように元気でいてほしいんだよ。上を向いてりゃあ涙も零《こぼ》れない。俯いてないでさっさと元気になれ」

「は？」

ルカがポカンとタキノを見つめていると、頭の中で言葉の意味を咀嚼《そしゃく》出来たのか、

「な、何言っているのよ！」

と赤くなり、ポカポカとタキノを叩き出す。

「それでいいよ」

とタキノは笑うが、ルカはフライパンを取り出して、
ガンッ！

と叩いた。

「痛《いて》えな！　何すんだ！」

「アンタが変な事を言うからよ！」

とルカはタキノを追い越して歩き出す。

タキノの言うとおりだ。

食堂で辛《つら》い日々を送っていた頃の自分と重ね合わせて、少しだけ元気を貰《もら》えた。

頭を擦《さす》って後ろを歩く大きな姿に、そっと気付かれないよう、ありがとう、と微笑んだ。


それから数時間が過ぎて、陽が傾いてきた。

タキノは周囲を見渡す。

「今日はこの辺で野営だな」

「そうね。結界を張るからテントをお願い」

野営の準備を始める。

食事も済んで焚《た》き火《び》を囲み、二人で話し出す。

「皆、大丈夫かな？」

ルカが焚き火の火を見つめて言う。

「大丈夫だろ。何も問題ねえよ」

「皆、それぞれバラバラなのかな？」

「その可能性はあるな。まぁ、俺は食事が美味《うま》いルカと一緒でラッキーだったがな。これがサイと二人だったら収納にある弁当が頼りになってたな。そういえば、ヘルミナって料理は出来るのか？」

「無理ね」

とルカが素っ気なく返した。

「でも私は戦闘があまり得意じゃないし」

「あっ？　お前はフライパンで十分だろ」

タキノは当然のように返す。

「はっ？　何言っているのよ。このか弱い私に向かって……」

「どこがだ？」

と言うと、
ガンッ！

とフライパンの打撃音が鳴る。

あんたの中の私って、本当に合っているの!?

いつもの調子に戻ったルカ本人は、前言撤回よ！　と思うのだった。


新しい宇宙、母船。

モニターに映っているのは凛々《りり》しい表情をした軍服を着た女性だ。

「応答してくれて感謝する」

その女性が頭を下げる。

それを見たアルドは、

「それで何の用件かの？」

と告げると、

「私達は、先ほどあなた達が交戦した帝国と敵対している勢力です」

「ふむ、それで？」

「実は我々の勢力はさほど大きくはなく、艦船も脆弱《ぜいじゃく》で帝国に押されていました。そんな時にあなた達が帝国の艦船を簡単に殲滅したのを見かけて声を掛けた次第です」

「手を組みたいと言いたいのかのお？」

「端的に言えば」

アルドは暫し考えた後に、

「そうか……ならば、こちらの条件を呑《の》めるのなら考えよう」

「その条件とは？」

「今現在、謎の現象により数人の仲間とはぐれている状態にあってのお。その仲間を捜す手助けをしてほしいんじゃ」

「うむ」

「はぐれた仲間を捜す手伝いですね」

「分かりました。その条件を呑みましょう」

「了解した。後の事はオペレーターと話してくれ」

とアルドが言うと映像が切れた。

「ふう、これで良かったか、ナブさん？」

《はい、構いません。マスター達を見つけるにはある程度の人手が必要です》

「そうじゃな」

アルドは刻々と送られてくる探査ポッドのデータが映ったモニターを見る。

「見つからんか……」

《かなりの範囲を捜索していますが、一向に見つかりません》

「流石《さすが》に宇宙は広いのう」

アルドは溜め息をつきながら呟くと、

「アルドさん。あちらとの話は暫定ですが纏《まと》まりました」

とオペレーターが報告を始める。

「どうなった？」

「まず、あちらはイズリ共和国の宇宙艦隊という事ですが、総数は二十隻程度の艦数で敵対勢力であるガンダリア帝国は、その二十倍近くの艦船を保有しているそうです。この後は共和国宇宙軍の拠点である宇宙ステーションへと行き、本格的な打ち合わせをする事になっています」

「場所は分かっているのかのう？」

「はい、既にデータを受信しています」

オペレーターがキーボードを叩くと、宇宙ステーションの座標がモニターに映し出される。

「了解した。向かってくれ」

アルドはそう言うと、コントロールルームを後にする。

◎　◎　◎

イズリ共和国、旗艦アデノリアス、艦橋。

「ふう、何とかなりそうね」

司令官であるミリアは安堵《あんど》の息を漏らす。

「彼らは信用出来るのでしょうか？」

不安そうな表情で副官がミリアに聞く。

「少なくとも帝国と敵対しているわ」

「そうですが……」

「どっちにしろ、このままではジリ貧よ。彼らに縋《すが》るしかないわね」

ミリアはモニターに映る船を見つめる。

「では宇宙ステーションへと向かってちょうだい」

ミリアは指示を出すと司令官の席へと腰を下ろす。

「上手《うま》くいくといいのだけど」

と小さく呟き目を瞑る。

◯ ◦ ◦ ◦

新しい宇宙、コウ。

シャンバラの技術はあらかた呑み込めた。ここからどうするのか、それが問題だ。

どうしようか？

何となくの構想はある。シャンバラの技術があれば可能であろう。やってみるか。

「こういうコンセプトでいきたい」

《ハイ、ワカリマシタ》
「大体の技術的な事は任せる」
《ハイ、シャンバラの技術データ内にあります》
「亜空間潜航艦を実現してくれ」
《了解しました。亜空間潜航艦をコンセプトとして構築します。シャンバラデータから入力。構築開始しました。構築……終了。コンセプトデータにより建造を開始します》
「ふむ、いいな」

新しい宇宙、サイとヘルミナ。

サイとヘルミナはしばらくの間、街の市場を見て歩いていた。

「私達の宇宙とあまりと変わらないわね」

ヘルミナは首を傾げる。

「ああ、どういう事だろうな」

サイも疑問に感じたのか、足を止め辺りを見渡す。

「何か変な感じね」

「同感だ」

サイとヘルミナは歩き出す。

カン！　カン！　カン！

と突然、鐘の音が鳴り響いた。

「た、大変だ！　魔獣の襲撃だ！」

男が転がり込んでくる。

「な、何!?　それは大変だ」

市場にいる露天商達は店を畳み始め、市場に来ていた人達は逃げ始める。

「どうする？」

「とりあえず見に行ってみようかしら」

ヘルミナは少しワクワクしたような様子で答える。

「フッ、楽しげだな」

「そうよ。少し鬱憤《うっぷん》もたまっているしね」

ヘルミナは魔獣が来ると思われる方向を見つめる。

◎
◎
◎
◎

街の冒険者ギルド。

「マスター、街中にいる冒険者の召集を完了しました」

「おう、よくやった」

冒険者ギルドマスターは鷹揚《おうよう》に答える。

しばらくして冒険者があらかた集まると、ギルドマスターはカウンターに上り、

「おう、野郎ども！　また性懲りもなく魔獣どもが来やがった！　今度も殲滅するぞ！」

と冒険者達を鼓舞すると、冒険者達はそれに答えて、

「「「おう！」」」

と声を上げた。

◯◦◦◦

サイとヘルミナ。

サイとヘルミナは魔獣が来ると思われる街の外れに来ていた。

「あら、意外と冒険者達の動きが早いわね」

既に集まって魔獣への対策を始めている冒険者達を見る。

「だが騎士団と思われる連中は見えないな」

「そうね、代官が出し渋っているのかもね」

「そうか、どこも同じか」

「そうね、魔獣に侵入されたら終わりなのに、ね」

とヘルミナは呆《あき》れたように言う。そこに、

「来たぞぉ！」

と冒険者の声が響く。

「どうするよ？」

サイが面倒くさそうにヘルミナに聞く。

「それはやるに決まってるじゃない」

サイは溜め息をつく。

「そうか、やるか」

若干肩を落としながらも用意を始める。

ヘルミナは収納から魔弓を取り出し、サイは魔法の準備を始める。

「おっ、魔弓か！　珍しいな」

「そうね、魔導兵器を見せるわけにはいかないと思ってね」

ヘルミナがそう返すと、

「来るぞ！」

と冒険者の声が響き、前方で土煙が上がった。

「さて、やるか」

サイは数十の魔法陣を展開し、ヘルミナは魔弓の弦を引くと魔力により生成された矢が出現する。

新たな宇宙、タキノとルカ、森を抜けた平原。

「ん？　いるな」

「いるわね」

タキノとルカは前方を見つめる。

「近くに魔獣がいない原因だな」

「結構、魔力が大きいわね」

タキノは楽しそうに言い、ルカは警戒する。

タキノとルカは緩やかな丘を登ると、大きな魔力が放たれている方向を見る。

「アレか」

「アレね」

見つめる先には三十mほどの赤いドラゴンが寝ていた。

ドラゴンもタキノとルカに気付いたのか、目を開けて首をもたげる。

「やるか」

「止めてもやるんでしょ？」

「当たり前だろ！　それとも怯《おび》えながらここで待ってるか？」

「怯えてなんかいないわよ！」

タキノとルカは言い合いながら、丘をゆっくりと下っていく。

赤いドラゴンの近くまでやってきた。

「いくか」

タキノは抜剣して剣に魔力を込める。

「こっちも用意は良いわ」

ルカも結界を用意する。

タキノは小走りから徐々に速度を上げてドラゴンに接近する。

ドラゴンは危機を感じたのか、体を起こして咆哮《ほうこう》しタキノの動きを牽制《けんせい》しようとするも、そんなの効かぬとタキノは疾駆する。

《待て待て待て！　赤い悪魔よ、何を勘違いしておる》

ドラゴンは焦ったようにタキノに話し掛ける。

「あっ？」

タキノは歩を緩めて首を傾げると、そこにルカが身体強化をして追いついてくる。

《人間、我はお主らと争うつもりはない》

ドラゴンは冷や汗を垂らしながら言う。

というか、ドラゴンって汗かくんだな……と、タキノは一瞬別の事が気になった。

「ドラゴンさんは争うつもりがない、というのは本当なのかしら？」

《そうだ》
とドラゴンは答える。
「チッ」
タキノは舌打ちをすると剣を収める。
《お主らはここで何をしておる？　ここは人族の里から遠く離れた地ぞ》
「距離はかなりあるのかしら？」
《そうさのう、人族の足で二週間は掛かるかの》
ドラゴンは人族の里があると思われる方向を見る。
それを聞いたタキノはうんざりした顔して、ルカはニヤリと笑う。
「ドラゴンさん」
《何じゃ？》
「私達を人族の里まで送ってくれないかしら？」
《我の背に乗ってか？》
「そうよ」
それを聞いたドラゴンは少し考える。
《良かろう》
と言うと、背に二人が乗りやすいように屈《かが》んだ。
《では行くぞ》

とドラゴンは羽ばたくと宙を舞う。

「お前凄《すご》いな」

タキノはルカにそう言う。

「使えるものは使わないとね」

と胸を張るが、

「胸はねえぞ」

とタキノは半笑いで返す。

ガン!

とフライパンの音が響き、

「痛え!」

とタキノの絶叫が轟《とどろ》く。

《お主ら、我の背で何を騒いでおる。今のは聞かなかった事にするから、静かにしてくれんか?》

新しい宇宙、コウ。

「建造の進捗はどうだ?」

《ハイ、マスター。六十%といったところです》

「分かった。う〜ん、名前がないのも不便だな……ナビィかな。これからナビィと呼ぶ」

《ハイ、マスター》

コウは息を吐くとソファーに座り、モニターに映る宇宙を見ながら考える。

「皆、元気かな」

ポツリと言うと、収納からビールを取り出し、
プシュッ！

とタブを開けてゴクゴクと一気に飲む。

「考えてもしょうがないか」

口の周りを拭い、ビールをもう一本取り出すと、今度はゆっくりと飲む。

次に収納からボア皿を取り出して摘《つま》みながらビールを飲むと、収納の中身を見る。

「出来るな」

立ち上がってキッチンへと向かう。更に収納から調理器具と調味料や材料を取り出し、料理を始める。しばらく調理を続け、

「出来たかな」

と味見をして、

「いいな」

と顔を綻ばせる。

そして皿を収納から取り出して、炊けたご飯を盛り付けると調理していたものをご飯の上に掛け

る。それをテーブルの上に置いて座り、ビールをもう一本開けて目の前に漂う料理の匂いを嗅ぐ。

「堪《たま》らないな」

スプーンで掬《すく》って一口、

「美味い！」

一口二口と進んでいく。

口直しにビールを一口飲む。

「う～ん、もう少し辛くても良かったかな」

と目の前のカレーライスを見る。

カレーライスを食べ終え、少しの時間まったり過ごした。

《マスター》

「なんだ？　ナビィ」

《今回の設計には防御用の結界はありますが、攻撃手段がありません。何か追加しますか？》

「そうだな……たしか亜空間魚雷のデータがあったはずだ。ここで作製出来るか試してみてくれ」

《ハイ、マスター…………精査完了しました。可能です》

「ではそれを作製して装備してくれ」

《ハイ、マスター》

「頼んだ」

コウは少し考えて溜め息をつく。

「アーマーでも作るか」

立ち上がって収納内の使用可能な材料を確認し始める。

「うん、あるな」

新たに設置されたコンソールを開いてモニターを表示させると設計を始める。

二時間も集中して設計していると、

「これでいいか。あとは作業しながら追加していこう」

と立ち上がり、伸びをしてシャワーを浴びに行く。

浴び終わって時間を確認し、

「作業は明日だな。今日は大人しく寝よう」

と寝室に向かって就寝する。


翌日。適当な時間に起きて食事を摂《と》ると、暫しの間ボーッとする。

突然収納を探り、机の上にホットコーヒーを出してチビチビ飲む。

「さてやるか」

収納から材料を取り出していく。

目の前のモニターにアーマーの設計図を表示させて材料の加工を始める。

所々で設計を変更しながら作業していく。

「ちょっと収まりが悪いか」

シャンバラの技術情報を再度読み込む。

「こうか」

設計を変更しながら作業を続ける。

「これで基本的なところは完成だな。外装と兵器類は明日だな」

軽くストレッチしてシャワーを浴びに行く。


新しい宇宙、母船、アルド。

「目標物を捉えました。モニターへ映します」

ふむ、あれが拠点か……。

「映像を大きく出来るかの？」

「はい、ズームします」

ズームによって映された建造物は……何というか……遺跡？　宇宙を彷徨《さまよ》っていそうな大きな
デブリを改造して作られた遺跡にしか見えんな。

基本は石造りで要所要所が金属で補強されたものだ。

違和感があるのお。

たしかに先導する船を見た時に感じたものじゃ。何じゃろうか？

「ナブさんや」
《何でしょうか、アルドさん》
「映像で目標拠点を見ているのだが、何か違和感を感じての」
《違和感ですか……精査します。…………ハイ、私もアルドさんが仰《おっしゃ》る違和感を理解しました。少し色々と調べてみます》

○
○
○
○

ナブ。

たしかに違和感があるように思える。違和感……違う…………親近感？

そうか、何かに似ているのだ。

何に？

そうだ。我々の船に似ている。

なぜだ？　この宇宙には我々の船は存在しない、我々が初めて訪れた宇宙だ。

シャンバラのデータを調べてみる。

あった。

我々の宇宙からシャンバラがある宇宙へと次元転移する際に、二十五隻もの船が行方《ゆくえ》不明なっている。

これだろうか？　今回、我々も次元転移する際にマスターとはぐれた。可能性はある。

多分だがシャンバラへと向かう約五百隻もの大船団。その中の二十五隻がこの宇宙へと飛ばされた。その可能性が高い。

だから言葉が通じる。

船にはかなり旧式ではあるが、我々の船との共通する部分が見られる。

そうすると彼らは我々と祖先を同じくする同胞ということになる。これはあちら側にも確かめる必要があるだろう。


母船内、アルド。

《アルドさん》

「何か分かったかの？」

《はい、説明します……》

ナブさんから説明を聞いた。

正直驚いた。我々と同じ祖先の可能性がある。だから言葉が通じ、船にも親近感がある。

納得がいった。

なるほど祖先にも今我々が直面しているような出来事が起きて、この宇宙へと飛ばされた。その可能性があり、そして高い。

こうしてモニターに映る拠点や先導する船をあらためて見ると、そう、そうだ本当に似ているのお。

彼らは祖先を同じくする同胞。だから容姿も似ていて言語も、ほぼ同じ。

ハハハ、納得じゃ。

「アルドさん、先導する船よりデータが送られてきました。人類種が生息可能な星の宙域図です」

「ほう、ではその宙域図に載っている星を優先的に調べる事は可能かの？」

「はい、可能です。今から優先的に探査を開始します」

「うむ、頼んだぞ」

もう一度モニターを見る。

ああ、同胞か、そうすると無下には出来んの。遠い昔にはぐれた祖先。

その子孫。

五百隻の中のたった二十五隻。よくぞ生き残った。

これは凄い事だ。たしかに色々な事が出来る船があったのだろう。だがコウさんらに聞くところによると、かなりの確率で文明は失われて祖先の記録を失ったところが多いと聞いた。

その中で生き残った。たった二十五隻で……。

何か目尻に熱いものが込み上げそうになる。

よくぞ、よくぞ生き残った。我が祖先達と、その子孫達よ。

これは協力するしかないのう。

○ ○ ○ ○

新しい宇宙、サイ。

前方には五百を超える魔獣が土煙を上げてこちらへと迫ってくるのが見える。展開した数十の魔法陣は頭上で瞬き、今か今かと魔獣を喰《く》らうために待機している。

チラリと横にいるヘルミナを見ると、楽しそうに魔力の矢をつがえて弦を引き絞っている。

そうだよな、コウ達とはぐれてここまで苦労は無かったが、精神的に鬱憤が溜まっていた。その鬱憤を晴らすには魔獣に八つ当たりでもしないとな。まぁ、俺もだけども。

もうすぐ射程圏内だ。三、二、一……。

「いけ！」

その言葉と共に魔法陣が解放されて数十の炎の矢が飛び出していく。

ヘルミナも魔力の矢を射出してすぐに次射の用意を始める。

俺も負けじと魔法陣を数十展開すると初めに放った炎の矢は確実に魔獣の眉間を貫き絶命させている。ヘルミナの矢も途中で十に分かれてそれらも正確に魔獣の眉間を貫いているのが見える。

そこからは繰り返し魔法陣を展開して魔獣を屠《ほふ》り、ヘルミナも魔力の矢を連射して魔獣を殲滅していく。

三十分は経《た》っただろうか、ほとんどの魔獣は俺とヘルミナで殲滅していた。横にいるヘルミナも満足そうにして弓を下ろしている。

「終わりだな」

「そうね」

ヘルミナがこちらに振り向き笑顔で答える。どうやら鬱憤は晴れたようだ。

しばらくすると土煙も収まり現場の全貌が見えてくると、五百を超える魔獣の死骸が転がっている。

「かなり倒したな」

「ふふふ、やりすぎたかしら」

ヘルミナは楽しそうだ。

俺はふぅと息を吐き出して空を見上げ、

「俺は何をやっているんだ」

と思わず呟く。

「ふふふ、相変わらずサイは真面目ねぇ」

ヘルミナはこちらを楽しそうに見ながら俺にそう言ってくる。ハァ〜、コウ以外は本当に能天気だよな……。

そういや、タキノは元気かな……。どうもアイツと絡まないと調子が崩れる。

ふとヘルミナの後ろを見ると、ポカ〜ンと口を開けて呆《ほう》けている冒険者だか探索者が多数見える。

本当にやりすぎたと俺は思わず頭を掻く。

しばらくすると、呆けている冒険者や探索者を掻き分けて、ガタイの良いオヤジが俺らの前に来た。

「うん？」

「お前らは見ない顔だな？」

「ああ、ここいらの者ではないな」

と答えるとヘルミナも気付いてこちらを向く。

流石に警戒しているようだ。

「俺はここの街の冒険者兼探索者ギルドのギルドマスターだ。先ほどまでのお前らの活躍は見せてもらった。報酬の件もある、一緒に来てくれないか？」

そう言ってきたのでヘルミナを見ると頷《うなず》いている。

「分かった。ついていこう」

そう答えるとギルドマスターは背を向けてまた冒険者達を掻き分けていく。

その後ろを俺とヘルミナがついていくと、盾に剣が二本交差している看板がある大きな建物に入っていく。

建物の中に入ると正面にいくつかの窓口がある受付。左には食堂兼酒場があり受付右側に階段がありギルドマスターはその階段を上っていく。

ギルドマスターについていき二階へと上がり、廊下を歩いて突き当たりのドアへとギルドマスターは入っていく。

俺らも続いて部屋の中へと入ると、

「そこのソファーへ座ってくれ」

ギルドマスターは、質素だが程度の良いソファーを指差す。

それに従い俺とヘルミナがソファーへ座ると、ドアをノックする音が聞こえ、物腰が柔らかで綺《き》麗《れい》な女の子が入ってきた。

「メイか、申し訳ないが三人分のお茶を用意してくれ」

「はい、かしこまりました」

メイと呼ばれた女の子は一度頭を下げると部屋を出ていった。

しばらくするとギルドマスターも対面のソファーへと腰を下ろした。

「それでお前らはどこの所属の冒険者だ？」

俺とヘルミナは一度顔を見合わせ、俺が答える。

「いや、俺らは冒険者ではないな」

「うん？　どういう事だ？」

ギルドマスターは眉を顰《ひそ》める。

「ああ、なんというか転移魔法中にトラブルが起きたんだ。俺らだけここに飛ばされて仲間とはぐれた状態にある。なのでここがどこかも分からない」

「て、転移魔法だと!?　それは既に失われている魔法だぞ!?」

「と言われても俺らは普通に使っているが、トラブルは今回が初めてだ。多分だが外部からの干渉があったと思っている」

「そ、そうか。この大陸の者ではないと？」

「う〜ん、信じてもらえるか分からないが、この星の者ではない」

「星？　星とはなんだ！」

ギルドマスターが立ち上がると同時にドアがノックされて、メイがお茶を運んできた。


新しい宇宙、ルカ。

「見えてきたわね」

まだ少し遠いが高い壁に囲まれた街が見えてきた。あまり発展はしていなそうに感じるわ。

「ドラゴンさん、あの街のかなり手前で降ろしてもらえるかしら？　ドラゴンさんが近づくと街がパニックになる可能性があるわ」

《そうか、分かった》

ドラゴンさんがそう答えると徐々に高度が下がり、街道から外れ開けた場所に降り立った。

「ドラゴンさん、ありがとうね」

《なんということはない》

と言って飛び去っていった。

タキノは相変わらず不機嫌な顔をしている。

ふぅ、本当にタキノはお子ちゃまだ。そのお子ちゃまが武力を持っているのだからタチが悪い。

「いくぞ」

タキノはぶっきらぼうにそう言うと、街道の方へと歩き出す。その後ろを私は溜め息をつきながらついていく。

街道に出ると街の方向へと歩き、四十分も歩けば壁のある大きな門に辿り着いた。

「並んでやがるな」

タキノは舌打ちして最後尾に二人して並ぶ。

「少し掛かりそうね」

とタキノの顔を覗《のぞ》き込《こ》むように見つめる。

「なんだ？」

「まだ、不貞腐《ふてくさ》れているのかと思ってね」

と笑いながら言うと、

「不貞腐れてねえし」

タキノはソッポを向いた。そんなにドラゴンと戦いたかったのだろうか？

脳筋め！

数十分もすると私達の番がやってきた。

「ここに来た目的は？」

「田舎《いなか》村から出てきました。働き口が見つかればと思って来たのです」

「そうか」

門番はそう答えると、何かが書かれた木切れを渡す。

「これで十日は滞在出来る。期限が切れるまでにどこかのギルドに入会してギルドカードを手に入れろ。それが身分証になる。そうしたらこれを、ここまで返しに来い」

と門番に告げられて街に入る事を許された。

街の中に二人して入ると特に珍しくもない街並みが並ぶ。

ふと店舗の前に掲げられている看板を見ると雑貨屋と読めた。

先ほどの門番との会話もそうだが、言葉を交わせるし文字も読める。

どういう事だろうか？

本当に違う宇宙に来たのだろうかと疑問に思う。チラリとタキノを見るとあまり気にしていないようだ。これだから脳筋は……。

広場に着くとそこには色々な出店が並んでいた。ほとんどが食べ物を売っている。

冷やかしながら情報を収集すると、この街はアリスト辺境伯領の最奥にある、リアンテという街らしい。この辺境伯領が所属する国の名はガリストン王国。

このリアンテの街を囲むように深い森があり、奥に行くにつれて強力な魔獣がいるとの事。多分だが私達があまり魔獣に出会わなかったのは、あのドラゴンの縄張りだったからだろう。

客と店主とのやり取りを見ていると、流石に流通する貨幣は私達が使っているものとは違うようだった。これは金策をする必要がある。

たしか収納に魔石がかなりの数があったはずだから、それを売ればなんとかなるか。色々と聞いて回り、魔石を買い取ってくれるのは冒険者ギルドか魔導具屋、雑貨屋になると知った。場所も聞いたので、まずは雑貨屋へと向かうと、適正かは分からないが金貨十枚ほどになった。

これで今夜の宿に泊まれるし、食事も出来る。まぁ、食事は材料も含めてかなりの数が収納にあるのだけど。

「なんかすげえ額になったな。これで当分は安心だろ！」

ノウキンさんの言葉が耳に入らないよう、結界を張ろうかしら？

次に冒険者ギルドで登録して木切れを門番に返しに行き、ついでにおすすめの宿を聞いて宿へと向かう。

一泊朝晩の食事が付いて一人一銀貨。

私の感覚だと高い気もするが清掃の行き届いた宿に見えるし、受付の横には食堂があり、美味《おい》しそうな匂いが漂っている。これは期待出来そうだ。

タキノは既に食堂へと気が行っている。今にも涎《よだれ》を垂らしそうな顔をしている。

とりあえず一泊分のお金を払い、部屋へと案内される。二階の角部屋で今回は空きがなかったので二人部屋だ。

野営では隣で寝た事もあるし問題ないわね。こいつはお子ちゃまだからベッドに入るとすぐ寝るしね。

もう晩の食事が出来るという事で食堂に向かうと、既に食堂は混み合っていた。

席を探していると、先ほど部屋へと案内してくれた女の子が、親切に席へと案内してくれる。

泊まり客の食事は決まっているらしく、エールだけ二人分注文して食事が来るのを待っていると
ジョッキに入ったエールが運ばれてくる。

一口飲むがぬるい。

隠れてジョッキを魔法で冷やして、再度冷えたエールを飲む。

美味《おい》しいわ。

タキノも魔法で冷やしたらしく、ごくごくと喉を鳴らして飲んでいる。

すぐに二人共に飲み切り、二杯目を注文する。

しばらくすると食事とエールが一緒に運ばれてくる。今夜のメニューはステーキとパンとザワー
クラウトっぽいものだ。香草がよく利いているのかステーキから良い匂いがする。タキノを見ると
ステーキをナイフで切り分けて口に運んでいる。

とても満足そうな顔をしているから不味《まず》くはないのね。私もステーキを切り分けて一口。

うん、美味しいわ。ここは当たりだ。魔法で冷やしたエールを流し込んで口の中をサッパリとさ
せてステーキ肉を食べる。美味い美味い。

三杯目のエールを飲み干すと部屋へと戻ろうと席を立ち、満足したお腹《なか》を擦《さす》っているとタキノが
ニヤニヤしながらこちらを見ている。

「何よ！」

「胸より腹が出ているんじゃねえか？」

ガンッ!!

「痛え！」

本当に失礼な奴《やつ》だわ。フライパンを頭に受けて蹲《うずくま》るタキノをほっといて部屋へと戻る。

体にクリーンの魔法を掛けてベッドに入るとタキノがブツブツ言いながら部屋に入ってきた。

タキノもクリーンを掛けてからベッドに入ると、もう寝息が聞こえてきた。

そんなタキノに背を向けて目を瞑ると、すぐに眠りに落ちた。


新しい宇宙、母船、ナブ。

もうすぐあちらの拠点に到着する。いくつか探索ポッドを出して拠点をスキャンした。これで外観の３Ｄ映像が出来た。

細かいところまで精査したが特に警戒するところはない。ただ気になるところはある。

剝《む》き出《だ》しになっている設備が、シャンバラの古い設備に似ているのだ。似ているといっても、かなり劣化したものに見える。この設備を作製した時に、製造設備が古かったか劣化した製造設備しか作れなかったか、どちらにせよシャンバラ由来の設備に見える。

やはりシャンバラの大船団にいた二十五隻の者達やその子孫が作ったと思われる。

今回、イズリ共和国側との打ち合わせのためにアルドさんを含めて数人、宇宙ステーションという名のデブリの拠点に乗り込む事になっている。

その際に小型の探査装置を各人に装備してもらい内部もスキャンする予定だ。これで見えてくるものもあるだろう。

共和国側よりもたらされた人類種が生息可能な惑星の宙図は、母船のコントロールルーム経由で私にもフィードバックされている。

既に宙図に基づいて探査ポッドも派遣済みで、これではぐれた仲間と合流出来ればいいが、最低でもなんらかの手掛かりを摑《つか》めればばと思っている。

そろそろ共和国の拠点に着く頃だ。何か得られればいいが。


母船内、アルド。

目の前に並ぶのはアーマー隊から二名、整備班から二名、コントロールルームからワシをサポートするために一名の計五名が並んでいる。

既に共和国の拠点に接岸して、後は降りるだけとなっている。

ワシの前に並ぶ五人を見ると良い気概を持って挑んでいるのが分かる。良い傾向だ。自然と笑みが溢《こぼ》れる。

「皆、準備は良さそうじゃな。ナブさんから持たされた装置も装備済みかのう？」

と問うと全員が頷く。大丈夫そうじゃな。

「それではこれからイズリ共和国の拠点へと乗り込む」

ワシがコントロールルームに合図を送ると、目の前のハッチが開いていく。するとなんとも言えない澱《よど》んだ空気が母船内に入り込んでくる。これは空気の浄化も追いついていないか、劣化で機能が低下しているのだろう。

一瞬、他の五名も顔を顰めたがハッチの先に軍服を着た者達が見えると顔を引き締めた。

ワシはハッチを潜《くぐ》り共和国の拠点へと降り立ち、他の五名もそれに続く。全員が拠点に降り立つのを見計らい、目の前にいる軍服の集団の中から恰幅《かっぷく》の良い御仁が前に出てきた。

「私はここの責任者をしているダリル・ウェンディーです。以後お見知りおきを」

と手を差し伸べてくる。

ワシはその手を取りながら、

「ワシは臨時の責任者をしております、アルド・ミラーという者です」

と握手する。

「それではここではなんですから、場所を移動しましょう」

ダリル氏は軍服の者を引き連れて移動を開始する。

その後ろについていくと中規模の会議室に案内される。全員が着席するとお茶が運ばれてくる。

その後に打ち合わせが始まるが、共和国側の説明にはナブさんから聞いた情報以上のものは無かった。しかし、現状が厳しいということは分かった。

色々と話を聞いたが、どうも行き当たりばったりな感じがするのう。どうやら本格的に手詰まりなのかもしれんの。

艦船や艦載機、それに地上戦力のデータも見せてもらった。かなり老朽化が進んでいて稼働率も低い。数、質共にガンダリア帝国に劣っているのは明白だ。

協力するとは言ったが、これは根本的なところから変えていかないとダメかもしれん。

会議が終わると拠点内を見学する事になった。ここで二班に分かれる。

一班はワシ、護衛であるアーマー隊員、整備班の者の三名。

二班はワシをサポートしてくれたコントロールルームの者、護衛のアーマー隊員、整備班の者の三名。

この二班に分かれて見学を開始する。それぞれに二名の軍服を着た者が付き、拠点内を案内、説明をしてくれる。

「それでは行きましょうか」

と案内の者が歩き出す。ワシ達はその者についていき見学が開始された。

母船内、ナブ。

どうやら無事に打ち合わせは終わったようだ。その打ち合わせ中にも同行しているオペレーターから随時データが送られてきていた。

これらを見るとかなり厳しい。まずは技術を教える必要がある。

共和国と帝国共に製造技術が発展していなく、全て発見された艦船から部品を交換する事でなんとか、ここ数百年凌《しの》いできたようだ。

それも既に枯渇気味。一部の単純な部品は製造しているものの、精度も品質も悪く、すぐに劣化してしまうらしい。

これらの基本技術から教えていく必要があるだろう。間に合うだろうか？　とりあえずやってみるしかない。

その合間にマスター達を捜す。なんとか見つかればいいのだが……。

そんな事を考えていると六人から拠点内のデータが送られてきている。

フム、どうやらこのデータを見る限りシャンバラ五百隻の大船団からはぐれた者達で間違いないだろうと思われる。

使われている資材、部品の規格が我々の母船に使われている物と同一だと分かる。これほどの数の規格が一致する事は普通はないだろう。

間違いない。

共和国をなんとかするプランとしては、統合簡易ＡＩを作製して製造や修理のサポートや助言をさせて、そのＡＩには作業ポッドも作製させて製造や修理をする共和国側の作業員のサポートさせせる事で上手くいくだろう。

アルドさんが戻ってきたら相談しよう。


新しい宇宙、コウ。

良い目覚めではなかったが目が覚めた。ベッドから降りて軽く伸びをする。気持ち良い。

スッキリするために軽くシャワーを浴びて作業着に着替える。

部屋から出て大広間に出ると、少し離れた所に骨格が剝き出しであらゆる部品が見えているアーマーが見える。

これはこれで美しいと感じる。

思わず頰《ほお》が緩む。手際よく朝食を用意して食べ終わると、温かいコーヒーを用意してゆっくりと飲む。この時間もいいいな、寛げる。

そしてコーヒーの湯気越しに見える製作途中のアーマー、何か趣がある。ふふふ。

まぁ、自己満足だな。

片付けを済ませると製作途中のアーマーのもとへと行く。見上げる製作途中のアーマーは厳《いか》つく感じるが、またそれも格好が良い。いつまでても眺めていられるな。

どうしてもニヤリとして頬が緩んでしまう。俺はやはりこういった物を作るのが好きなんだなとつくづく感じる。

「さて始めるか」

まだまだ眺めていられるが、自分に言い聞かせるように作業を始める。

今日の作業は外装部分と出来れば兵装にも手を付けたい。

外装に使うのは三重ハニカム構造の外装板である。一番外側に使うのはオリハルコン、真ん中にミスリル、内側に魔鋼の三重構造になる。

それらを機体に合わせて膨大な魔力で変形させて取り付けていく。もちろん、メンテナンスも簡単に出来るようにしっかりと考えてある。

完成した造形はなかなかだと思う。これにペイントしていく。下地は黒。そこに金色で衣装をつけていく。

うん、完成だ。堪らなく格好が良い。

威圧感もあるが、何か威厳も感じる機体に仕上がった。ふふふ、すぐにでも乗りたい。

がしかし、我慢だ。一気に兵装も作製していく。

まずは近接武器である魔導セイバーを二本両腰に装備。ハハハ、武士だ、武士！

肩部の広がった装甲と広がった腰部のアーマーと広がった足部の装甲が着物を連想させる。ふふふ、スカート付きめが……。

ああ、楽しい。

うーん、薙刀《なぎなた》にすればよかったかな？　背部に一つ装備するか？　後で検討しよう。

次に背部バックパックには機体制御用のシャンバラの技術の応用により、かなりの小型化が実現した重力制御装置が取り付けられており、その周辺、特にバックパックの左右に兵装を装備する。

正面から見て左側には大火力用の魔法触媒をアームに取り付けて魔法砲撃戦でも戦えるようにする。

右側には、これから作る大型のメガ魔導ランチャーをアームに装備する予定。これは上級害獣にも対抗出来る兵装だ。他にも小型の魔導誘導弾も八発装備。

更に遠隔式の魔導兵装ポッドを八基装備。これはパイロットの意思に反応して遠隔で飛翔《ひしょう》して魔導ビームや結界を形成する。結界機能は複数のポッドの連携により結界を拡大する事も可能となる仕様だ。

最後に背部腰部に取り付けた魔導ビームライフル。これは従来のものよりも威力、射程が大幅に改良されたものになる。まぁ、これらが実現したのはシャンバラからの技術供与が大きい。

今回の機体には新しい機能が多く積まれている。

それらを紹介すると、亜空間潜航機能。これは単純に母船となる潜航艦から亜空間内より出撃や帰投が可能となっている。

そのために通常空間へと浮上する探査及び通信ケーブルが装備されている。これで亜空間を移動しながら通常空間の情報を得る事が可能となる。

更にこのケーブルから魔導兵装ポッドも操作可能となり遠距離の情報の収集や攻撃が可能となっ

ている。

次にコアとなる装備である機体内に拡張された空間に設置された魔導演算機だ。これは機体制御や各種兵装の使用時にパイロットの意思を魔力により読み取り、それらを正確に素早く反映させる事が出来る。これもシャンバラから提供された技術で、より小型でより高性能なものになっている。もちろん、ナブやナビィなどの高位ＡＩとの連携も問題ない。

他にも各種関節には摩擦制御機能も装備されており、各部の摩耗を防ぐと共にレスポンスも向上している。

重要な装備はこんなものかな。後は乗るのが楽しみだ。

やっと完成した我がアーマーを見てニヤニヤしていると、

《マスター》

と話し掛けられた。

「どうした？　ナビィ」

《採掘していた作業ポッドが、捨てられたと思われるかなり古い施設を発見しました》

「よしっ！　何かの手掛かりになるかもしれない。様子をモニターに映せるか？」

《ハイ、可能です。モニターを表示してライブ映像を映します》

俺の前に大きなモニターウィンドウが開くとそこに少し暗いが何かの施設と思われるものが映し出される。

「ナビィ、映像を記録してくれ」

《ハイ、マスター。記録を開始します》

作業ポッドが施設内を移動していく。映像を見る限りかなり古いものだと思われる。

「うん？　少し戻ってくれ。そうそこの右側を映してくれ」

作業ポッドが映し出した映像には〝触るな危険〟と書いてある看板が見えた。

「字が読める……」

唖然《あぜん》としてそれを見つめて考えるが答えは出ない。

「どういう事だ……」

ある程度その映像を映した後は奥へと移動していく。所々に表示された文字は俺にも読める。

「ナビィ、この施設を集中的に調べてくれ」

《ハイ、マスター》

どういう事なんだろうか、ここは本当に新しい宇宙なのだろうか？　よく分からんな。


新しい宇宙、ヘルミナ。

「星？　星とはなんだ！」

ギルドマスターは立ち上がってそう言うが、そこにメイがお茶を運んできて配膳する。

出されたお茶の匂いを嗅ぐ。

「良い匂いね」

気持ちが和らぐわね。

「はい、王都から取り寄せたものです」

とメイが嬉しそうに答える。

「そうなのね」

私は一口飲む。うん、淹《い》れ方《かた》も良いわね。素直に美味しい。

「美味しいわ。ありがとう」

「いえ、仕事ですから」

メイは嬉しそうに言うと部屋を出ていく。

ゴホンッ！

目の前に座るギルドマスターが咳払《せきばら》いをする。一度、興奮して立ち上がって吠《ほ》えたが、今は落ち着いているようだ。

「それで先ほどの話なのだが、星とはなんだ？」

そう聞かれて私とサイは顔を見合わせるが、サイは答える気がないらしく私が答える事になった。

「星とは、空の更に上に存在する無限に広がる空間という宇宙に存在する恒星や惑星の事を言うわ。恒星や惑星にも色々あって、この惑星のように人が住める惑星は少ないわね」

「無限に広がる宇宙……」

「そう宇宙。惑星は球体で宇宙は無重力なのよ」

「惑星は球体で宇宙は無重力？　球体？　我々は球体の上に立っているのか？」

「そうよ」

「バカな。だったらどうして立っていられるのだ？」

「それは重力があるからよ」

「重力……重力とは何だ？」

「惑星はある一定の質量を持つと、重力を発生させて物を引きつけるのよ」

「物を引きつける……じゃあ、何か我々はその重力に引っ張られて立っているのか」

「そうよ、でも宇宙はその重力が無くて無重力なのよ。空気もないしね」

「空気？　それは何だ」

それもかと私は溜め息をつく。

「では、ギルドマスターさん。口と鼻を塞いでみて」

「口と鼻を塞ぐだと？　それでは苦しくなるではないか？」

「そうそれよ。この星には空気が存在する。あなた達はその空気を吸って生きているのよ」

「俺達は空気を吸って生きている……そしてその空気は宇宙には無い？」

「そういう事。少しは分かったかしら？」

「ああ、何となくな。ではお前達はどうやって宇宙を移動するんだ？」

「そうね、今回は転移の失敗によってこの星に来たけど、通常は宇宙を航行出来る船に乗って移動しているわ」

「宇宙を航行出来る船……」

ギルドマスターは少し考えた後に立ち上がり、自分の執務机に向かう。ゴソゴソと引き出しの中を物色すると紙の束を持ってきた。

「これなんだが見てもらえるか」

と紙束を渡してくる。それを受け取りサイと二人で見る。

「え!?」

「これは！」

サイと私はそれを見て驚いた。そこに書かれていたのは宇宙船と思われるものの写し絵。それも二種類ある。

説明文を見ると、どうやら最近遺跡で偶然発見されたものという事だ。

「どうだ？　それは宇宙船というものか？」

「直接見ないと分からないけど、その可能性は高いわね。これはどこで？」

「王都近くにある遺跡からだ。現在、その遺跡は王家の預かりとなっていて誰も入る事は出来ない。その資料は遺跡へと入った事のある冒険者兼探索者ギルドのトップにのみ公開されて、何かそれに関わる情報がないか調べている」

「私達も見られるかしら？」

「扱えるのか？」

ギルドマスターは真剣な目で見つめてくる。

「そうね、絵を見た感じからすると扱える可能性は高いわ」

「そうか、少し時間をくれ王都に問い合わせる。宿はこちらで用意する。人を呼ぶから案内してもらえ」

と言うとギルドマスターは何かのボタンを押し、部屋にメイが入ってきた。

「メイ、ギルドの名義で宿を借りて、その二人を宿に案内してくれ」

「はい、分かりました。ではついてきてください」

と部屋を出ていくメイの後についていく。


宿は近くにあり、割と綺麗な宿のようだ。とりあえず何があるか分からないので二人部屋にしてもらい、部屋に入る。

「食事は朝と晩が付きます。今日は晩のみですね。何かあれば私に言ってください」

と言ってメイは部屋を出ていく。

サイと二人きりになると防音の結界を張って話し合う。

「宇宙に出られる可能性が出てきたな」

「そうね。運が良いわ」

「あとは王都次第か」

「勘だけど上手くいくと思うわよ」

と私はサイを見てニコリと笑う。

新しい宇宙、タキノ。

ああ、めんどくせぇし、何かイラつく。

朝、久々のベッドから出て隣のベッドを見ると、ルカの奴は既にいねえ。

桶《おけ》に入った冷たい水で顔を洗い、身だしなみを整えていると、部屋のドアが開けられてルカが入ってきた。

「タキノももう起きたのね。朝食の準備は出来ているそうよ」

と言うと部屋を出ていく。

しょうがねえ。

食堂に下りていくと商人と思われる数人が既に朝食を食べていた。辺りを見回すとルカが座っていて、そのテーブルに行き、ルカの正面に座る。

「今日も冴《さ》えない顔ね」

ルカが顔を覗き込んでくるので横を向く。

そんな事をしていると女将《おかみ》さんが朝食を持ってきてくれた。

朝食はまだ温かいロールパンとクズ野菜のスープ、目玉焼きにソーセージが二本だ。クズ野菜のスープを一口。

美味いな。冷えた体に染みる。

目玉焼きには塩を振りかけて食べる。とろとろの黄身の部分に千切ったロールパンを浸して食べる。

これも美味い。

ソーセージはロールパンに切れ込みを入れて挟んで食べる。こっそりケチャップを収納から出して掛けるのも忘れない。

美味い美味い。

すぐに食べ切ってしまった。ふ〜と息を吐き出すと食器を下げに来た女将がついでに温かいお茶を出してくれた。

熱そうなのでちょっとだけ冷ましながら飲む。ほっこりする味だ。

ルカも食べ終わりお茶を飲んでいる。

そんな時間が過ぎる頃にルカに今日の予定を聞く。

「今日はどうするんだ？」

「今日の午前中私はギルドの資料室で何か手掛かりがないか調べるわ」

「そうか、なら別行動だな。たしかギルドの裏手に訓練場があったよな。そこで体を動かすか」

「分かったわ。こちらの用事が終わったら訓練場に行くわ」

「了解だ」

と言って俺らは席を立ち、宿を後にする。

ギルドの中は混雑していた。依頼の取り合いになっているのだろう。俺らは事前に取り決めたとおりに分かれて行動する。ルカはサッサとギルドの二階にある資料室へと向かい、俺はギルドの裏手にある訓練場へと向かう。

訓練場に着いたが早朝のせいか、まだ誰もいない。

「ふむ」

辺りを見渡すと、壁際に木剣が何本も箱に入れてあるのが見える。多分ギルドが管理しているものだろう。その中から自分好みのバランスの木剣を一本選ぶ。

一度、大きく息を吸いゆっくりと吐く。腰を落とし木剣を構える。敵をイメージする。今回はハイオーク五匹。その幻影のハイオーク達が俺を囲もうとしてくる。魔力を練って身体強化を重ねがけする。準備は整った。

鋭い踏み込みから正面にいるハイオークを袈裟懸《けさが》けで斬る。まずは一匹。

次に右側で木の棍棒《こんぼう》を振り上げているハイオークに下から地面を擦るように剣を跳ね上げて斬る。二匹目。

すぐにその右にいるハイオークの首を刎《は》ねると後ろに跳躍する。三匹目。自分が元いたところにハイオークが振るった木の棍棒が突き刺さっている。

着地と同時に地面を蹴り込んで前に出て棍棒を振るったハイオークに肉薄して心臓がある左胸を一突き。四匹目。

最後の一匹は逃走を図ろうと背を向けたところをバッサリと斬って五匹討伐完了だ。

「うん？」

気がつくと複数の冒険者がこちらを口を開けて見ている。

何だ？

すると訓練場の出入り口で腕を組んでこちらを見ているジジイが寄ってきて、

「にいちゃん、なかなかやるな」

と肩を叩いてくる。

ウゼェ。

少し殺気を込めて睨みつけると、

「おいおい、他意はねえよ」

と両手を上げた。そんなジジイをほっといて訓練場の端に行き坐禅《ざぜん》を組んで瞑想《めいそう》に入る。精神を集中させて雑念を取り除いていく。ふう、徐々に周りの音が聞こえなくなってくる。

どれくらい経ったのだろうか、突然肩を叩かれる。ふと目を開けるとルカが仁王立ちしている。

「あ？　何だ」

「さっきから声を掛けても反応しないじゃない」

何かご立腹だ。俺はただ瞑想をしていただけなのだが……。まぁ、こいつに何を言っても始まらない。俺は土を払いながら立ち上がり、

「何か分かったのか？」

「気になる事が少しね」

「もう昼か？」

「そうよ」

「昼飯を食いながら聞かせてもらおうか」

「分かったわ」

とルカは訓練場の出入り口に向かっていく。その後ろを歩いて辺りを見渡すと冒険者が一人しかいないようだ。

ギルドを出るとルカが事前に調べていた飯屋に向かう。


新しい宇宙、母船内、アルド。

母船に帰ってきたワシらは、ナブさんが収集したデータを精査し総合したものを見ながら会議を開いた。

「ではナブさんも収集したデータから、彼らはワシらと同族で間違いないと思うのだな？」

《そうです。使われている部品の規格が全て我々と同じ物を使っています。この事からも同じ系統のものだと推察出来、間違いなく同族が作ったものと考えられます》

そうか、やはり同族で間違いないようだのう。そうと分かればこれからの事を考える必要がある。

まずは技術の底上げだ。

ここに共和国の技術者を呼んで技術の供与をする。何とも皮肉なものだな。我らはシャンバラから技術供与を受け、大船団から漏れた我らの祖先の子孫が、シャンバラ大船団と一緒に出発したが、大船団からはぐれた子孫である彼らに技術供与をする。

何とも不思議な巡り合わせだ。

技術供与の件は既にナブさんからコントロールルーム経由で共和国側に伝えられているのを今聞かされた。

流石にナブさんは仕事が早い。

内容は現在、共和国が所有している艦船を修理及び建造が可能になるレベルの技術を供与する。その後の発展は彼ら共和国に委ねる。

そう考えるとコウさんは凄いのだなと改めて思う。一人で活動している時から色々な物を作り古代書を解析して技術を掘り起こして、しまいにはシャンバラへと辿り着いた。

どうにか早くコウさん達と合流をしたいものだ。彼らは必ず生きている。

数日が経つと共和国の技術者や研究者が集まってきて、講義が始められる事となった。これにはナブさんに繋がる端末を共和国の拠点内に持ち込んで、ナブさんも参加する予定だ。

時間となり講義が始まると始めのうちは唖然として呆けていた彼らも、講義が進むにつれて目が輝き出して熱を帯びてきた。途中様々な質問に受け答えしながら講義が進み、一回目の講義は成功《せいこう》裡《り》に終わった。

明日は彼らが今日聞いた話を咀嚼するために設けていて、明後日に二回目の講義を行う。

今は技術者、研究者同士で議論をしているところだ。良い刺激になっているようで何よりだ。

二回目の講義が始まると更に講義を受ける人数が増えている。どうやら整備の人間も参加しているようだのう。

ハハハ、彼らが興奮しているのが分かる。積極的に質問して分からないところは分からないと言い、更なる説明を求める。貪欲じゃ。

今回まではモニターに映したもので説明していたが、次回からは実物を弄《いじ》りながら講義をする。

「ふう」

二回目の講義が終わり一息つく。ワシが講義をしたわけではないのだが何か疲れたのう。そう、彼らの熱にあてられたようじゃ。

少し休んでから食堂に行くと何やら騒がしい。どうやら整備班がナブさんと三回目の講義の打ち合わせをしているようだ。

ワシは適当な席に座り給仕ポッドに注文をする。とりあえず冷えたビールが飲みたい。しばらくするとジョッキに注がれた冷えたビールと枝豆が目の前に置かれた。

勢いよくジョッキを掴みゴクゴクとビールを飲む。

美味い！

これが仕事が終わった感じがして解放感がある。すぐに一杯目を飲み干す。二杯目を頼むとビールと一緒に注文していた唐揚げも目の前に置かれる。

ゴクリと喉がなる。いつ頼んでも美味そうな唐揚げだのう。う〜駄目じゃ、我慢が出来ん。フォークを唐揚げに刺してガブリと一口。美味い!!

そこにビールを流し込む。これは至高の美味さだ。

ふと顔を上げるとまだ整備班は話をしている。彼らも共和国の技術者や研究者を何とかしてやりたいと燃えているのだと思う。頭が下がる思いだのう。

ああ、でも唐揚げが美味い。この歳《とし》になって油物を頑張らずに食べられるのは幸せじゃのう。


三回目の講義は実地訓練となり、拠点内にある中規模の格納庫内で行われる。

時間となり格納庫に行くと既に作業着姿の技術者、研究者、整備員が集まっている。今回は母船の整備班が中心となって魔導エンジンの分解組み立てや各部の説明を行っていく。

講義が始まると見ている側は静かになり、食い入るように観察している。

所々で大切な場所は手を止めて説明していき、ある程度のところで質問を受けて答えた。母船の整備班も何やら楽しそうだのう。

都合、五回の講義を予定しているが、この回だけで技術が身につけられるとは思ってはいない。

これから数回は同じ講義を繰り返す必要があるだろう。

他にも既にナブさんが中心となって、この拠点内に共和国の技術で構築可能な製造設備を作製し、
今回はスピード優先で作業ポッドが作業している。

あと数日で完成予定だ。これらの設備も共和国側に説明する必要がある。日程的に頭が痛いがな。

コウさん達を見つけるために入手した宙図を元に探索を続けているが、いまだに手がかりは無い。

早く共和国への技術供与を完了させて探索に集中したいものだ。

コウさん達が元気でいてくれればいいのだがのう。


新しい宇宙、コウ。

ナビィが集めたデータを見る。う〜ん、かなり古い遺跡という感じだ。

規模はかなり大きい。遺跡？　古代施設？　の半分は宇宙艦船の係留出来る場所とドックになっている。その規模は大型艦船を係留出来る場所が五箇所、中型艦船を係留出来る場所が十箇所、小型艦船を係留出来る場所が四十箇所になり、整備などを行えるドックと思われる場所は大型が四箇所、中型が八箇所、小型が三十箇所になる。

その他にも艦載機用と思われる格納庫があり、推定で百五十機が収納出来て、それらのドックもあり、かなり機能的に作られている。

施設のもう半分は、資材などの倉庫や居住施設になっていた。もちろん、これらの施設は朽ち果てており機能するものは一つとして無い。

「どうするか」

データが表示されているモニターから目を逸《そ》らすと、湯気を上げるコーヒーカップが目に入る。

そうだな、今は一人だ。仲間といつ合流出来るか分からない。じゃあ、合流出来るまでの拠点が必要ではないか？

うん、ここを改修、改造して拠点としよう。今、建造している船もこれで安心して建造出来る体制になるのではないかな。

まずは、ナビィと相談して船を建造するためにドックから改修、改造する事となった。それに伴い、他の必要な施設、設備を構築していく。


数日かけて準備をしたところで、一息つけた。

そういえば、まだ新アーマーの試乗をしていないな……。という事で初乗りを行う事にした。

拠点に作った新たな自分の工房から直接、宇宙へと出る。

《マスター、準備は整っています》

「了解だ。射出してくれ」

《ハイ、マスター。射出シークエンス開始します。……五……四……三……二……一……射出》

軽いGを感じながら、アーマーが加速の魔法陣をいくつか抜けて宇宙へと射出される。宇宙が広がる。目の前が開けた気分だ。

まぁ、ほとんど室内で過ごしていたからな、仕方がない。

ナビィと相談して作製した検証プログラムに沿って機動をこなしていく。うん、かなりのレスポンスで機体が動く。凄い。

新たな重力制御ユニットと新たなスラスター制御ユニットの組み合わせは成功だ。自由自在に機体が動く。

機体制御ＡＩの恩恵もあるのだろう。軽快だ。

《標的ユニットを配置します》

ナビィの声を聞きながら目の前に浮かぶ立体モニターを見ると赤い点が表示される。

その数、十！

刻々と変化する立体モニターを見ながら兵装を選択する。新型の魔導ライフルを試す。

一番近い目標が選択されて、レティクルが表示された目標を捉える。

引き金を引く。

ズンッ！

低い腹に響くような振動が機体の手元から一瞬伝わると、光の線が目標物へと伸びる。

命中だ。立体モニターから目標物の表示が消える。

ふふ、射撃補正も正確で素早い。これは楽しい。他の目標も殲滅してライフルの検証を終える。

次は魔導誘導弾を試す。

八発しか積んでいないが多種多様な弾頭を選択出来て応用の幅は広い。色々なミッションで活躍出来ると思っている。

これもいくつかの弾頭を試して、その有用性を確認出来た。

最後に遠隔操作ポッドを試す。最大で十八機のポッドを格納出来て、今回は八機のポッドを使う。

「いけ！」

拡張された意識の中で指令を出すと勢いよくポッドが飛び出していく。ポッドが離れて拡散していくと、それに伴い意識が拡張されていく。

これは何だろうか？

今までにない感覚だ。ポッドから魔力波が逆流して周囲の状況が分かる。

凄い！　シャンバラの技術を取り入れた機体制御ユニット。これが自分の意識をアシストしているのが分かる。多重思考。

試しにシャンバラのＶＲ技術を一部を使ってみたのが影響しているのだろう。

凄い！　凄い！

宇宙と一体となった感覚だ。

自由自在に個別にポッドを操作出来るし、機体の操作も疎《おろそ》かにしていない。逆に周囲の状況が手に取るように把握出来て機体がスムーズに動く。

少し怖くなった。

これ、何か自分に影響は無いのだろうか？　脳とかに……。

興奮も収まってきたところで帰投する。まずは成功といったところだろう。

……自分に何も影響が無ければばだが。

帰投後はすぐにメディカルルームにて精密検査を行った。その結果は……。

問題無し、と出た。

ああ、安心した……。

このメディカルルームだが、まだメディカルポッドは三つしかないがシャンバラの進んだ医療技術の集大成とも言える性能だ。

多分、信頼出来る。

多分ね。

ふぅ～と一息ついて拠点内に新設された食堂でジョッキで冷えたビールを飲む。

ゴクゴクと喉に流し込んでいき、ツマミとして用意された肉じゃがを食べる。ジャガイモがホクホクしていて美味しい。

ああ、何か生きているという感じがする。

○　○　○　○

新しい宇宙、サイ。


数日が経つと連絡があり、王都へと向かう事となった。だが……。

「尻が痛い……」

あまりにも長い間馬車に乗っていなかったせいか、尻にダメージを受けている。チラリと横に座るヘルミナを見るが平然とした表情をしている。

「なあ」

「何かしら？」

ヘルミナは若干面倒くさそうに、こちらを見る。

「痛くないのか？」

そう聞くとヘルミナは溜め息をついて、

「柔らかい結界を敷いているから平気よ」

と言ってプイッと前を向く。

ああ、そういう事か……結界か。すぐに柔らかく丈夫な結界を張って尻を防護する。

ふう、これで大丈夫だな。

俺は箱馬車に取り付けられている濁ったガラス越しに外を見るが、特に何も無い。あと三日も掛かるのか……。何かゲンナリする。俺とヘルミナだけならば身体強化して走れば、多分一日で到着する。

ハァ……。

今回はギルドからの同行者もいて自由が利かない。野営で出される飯も不味い。

あと三日だ。頑張ろうと目を瞑る。

王都、ヘルミナ。

王都の城壁が見えてきたと言うので窓から顔を出して見てみる。

う〜ん、十mくらいの壁がぐるりと王都を囲っているのが見える。まぁ、普通よね。隣のサイを見るが彼は興味が無いらしい。そりゃそうね。

門には人がかなり並んでいたが、馬車はその列の横を通り過ぎて門の前に止まったかと思えばすぐに走り出す。

どうやら事前に連絡をしていたらしく最優先で入れたらしい。馬車は王都の中心に向けて走っていく。

立派な城が見えてきた。

「あそこが目的地かしら」

「ハイ、直接城に参ります」

とギルドからの同行者が答えてくれる。

城の門に着くとすぐに開いて中へと入っていく。

しばらくすると馬車が止まった。

「到着しました」

同行者が最初に降り、その後をサイに続いて降りる。

降りた場所には十八歳くらいの綺麗なドレスを着た女の子がいて、その後ろに女性の騎士と思われる者が四人従っている。先頭の女の子は興味津々で目を輝かせているが、後ろの女性騎士四人は目つきが鋭く、どうやら歓迎していないように見えた。

「ようこそいらっしゃいました」

先頭の女の子は見事なカーテシーで出迎えてくれる。

「お招きいただき光栄です」

とサイも綺麗に礼を返す。サイって結構良いところのおぼっちゃんなのよね。同行者の説明によれば、この女の子は第三王女らしい。どうりで気品があるわけね。

私も無難に挨拶をして案内されるままに後ろについていく。

五分ほど王城内を歩いて豪奢《ごうしゃ》な応接間へと通される。

言われるがままにソファーに座ると対面に王女が座り、紅茶とお菓子が用意される。なかなか良質な紅茶ね。良い香りがするわ。

少し同行者が雑談をすると、

「では本題に入りましょう」

と王女は真剣な顔になる。すると王女の従者がテーブルに数枚の紙を並べる。

「これらのものが何か分かると伺いましたが」

王女は紙に描かれた宇宙船を指差す。

「ハイ、分かります」

とサイが答える。

「そ、そうですか！」

パァと王女の顔が明るくなる。そこに、

「嘘《うそ》ではないだろうな」

と後ろにいた女性騎士の一人が凄んでくる。

「おやめなさい！　クローディア」

「しかし、王女様……」

なおもクローディアと呼ばれた女性騎士が何か言おうとするが、

「今までの者達とは違うと聞いている」

と王女はキッパリと騎士に言うと、こちらへと視線を移す。

「本当に分かるのですよね？」

「ハイ」

サイも王女の目をしっかりと見てハッキリと答える。

「分かりました。ではこれらは何なのですか？」

真剣な顔で聞いてくる王女にサイは上へと指を差し、

「空を飛び、空を越えてその先の宇宙へと行くための船になります」

と返す。

「空を飛ぶ船……」

と王女は言葉を失った。


新しい宇宙、ルカ。

ギルドで教えてもらった食堂へと入っていく。ギルドで安くてボリュームがあり、味も問題ない食堂だと聞いていたのだ。

中に入ると丸いテーブルが並び、昼前の時間だが半数のテーブルは客で埋まっている。これから混むのが予想される。店内の清掃も行き届いておりり内装も質素だが雰囲気は良い。

他のテーブルにある料理を見ると、ほとんどのテーブルには大きめの山盛りステーキと山盛りの肉野菜炒《いた》めが配膳され、それらを小皿に取り分けて数人でシェアして食べている。もちろん、大きなジョッキのエールも漏れなく配膳されている。

良い匂いだ。香辛料もふんだんに使われていると見える。

適当な席に座り、同じ料理とエールも頼む。対面に座るタキノはキョロキョロと周りを見てはソワソワしている。

こいつはメインは食事ではなく、話がメインだという事が分かっているのかしら？

口から垂れそうになっている涎を見ると分かってなさそうだ。

思わず溜め息が出る。

「タキノ、アンタ分かっているの？」

「ああ？」

タキノは涎を垂らしながらこちらを見る。頭が痛い。

「食事はついでよ。話がメインだからね」

「あ、ああ、分かっている」

とタキノが逸らした目は他のテーブルの料理を見ている。そこにエールが運ばれてくる。やはりぬるいエールだ。隠れて魔法で冷やして一口飲む。

「美味しいわ」

思わず口に出た。やっぱり収納から出す以外の食事も良いわね。対面のタキノも自分で冷やしたエールを美味しそうに飲んでいる。

一杯目のエールを飲み干すと料理が運ばれてくる。一口サイズにカットされたステーキと肉野菜炒めが大皿に盛られて配膳される。ついでに二杯目のエールを頼むと小皿にステーキと肉野菜炒めを取り分けてタキノへと渡す。

タキノは小皿に盛られた料理を見てゴクリと喉を鳴らすとフォークを持ち食べ始める。一口目を口に入れると口角が上がり美味そうに食べ始める。

私も小皿に料理を盛り付けて食べ始める。なるほど、味付けも焼き加減も絶妙で美味しいわ。ふとタキノを見るとエールの二杯目を片手にステーキ肉に齧《かじ》り付《つ》いている。

もう話は無理ねと溜め息をついて諦める。

三杯目のエールを飲み干す頃には料理も食べ終わり、まったりとした時間が流れる。タキノは満足そうに笑顔で腹を擦っている。

気がつくと昼時も進んで店内が混んできている。これは店を出るしかなさそうだ。支払いを済ませて店を出る。

たしかベンチが多数ある広場があると聞いたので、そこへと向かう。広場には囲むように屋台があり競うように料理などを売っている。

適当な屋台で果実水を頼んで空いているベンチにタキノと並んで座る。少し冷えている果実水を飲んで落ち着くとタキノへと話し始める。

ギルドでは、この周辺の状況と歴史を含めて国、街の情報を集めた。結果、私達が抜けてきた森にはかつて古代都市があり、何が原因かは分からないが一夜でそれが破壊され、その後に森が出来て破壊の影響か魔力の流れが滞り魔力溜《だ》まりが発生して森の中心部には強力な魔獣が存在しているという事らしい。

あのドラゴンもそういう類いだろう。

そして大きな森を囲むようにいくつかの古代遺跡が点在しているという。ギルドの話によれば、王都へ行けばもう少し詳細な情報があるらしいのだが、ここは辺境で王都とはかなりの距離がある。

このままでは何も情報は得られない。ならばどうするか？

とりあえず、この街周辺を探索してはどうか。それをタキノへと話して了承を得る。

まぁ、こいつは何も考えていないのだろうが……。

簡易に写してきた手書きの周辺地図を膝の上に広げてタキノに見せる。タキノはふ～んと地図を眺めてはいるが分かってはいないようだ。

とりあえず一番近くで規模の大きな遺跡を探索する事にした。既に何十年も前から国によって調査、探索はされているが何も見つかってはいないそうだ。

でも私らが見れば分かる何かの文字や絵文字などが見つかり、今後の手掛かりに繋がる可能性もある。

私達は適当な宿で一泊して翌日の早朝に遺跡へと向かった。


遺跡には一時間ほどで着いた。もちろん、身体強化をして森を走り抜けたからだ。特に魔獣に出会うとかは無かった。

遺跡に着くとポッカリと地面に四角い穴が空いていて風化している階段が見える。辺りを見渡すとどうやら、この遺跡の上には何らかの設備や建物があり、それらは古代都市が破壊された時に一緒に破壊され吹き飛ばされたように見える。

そして、地下の遺跡だけが残った。

タキノを先頭にして遺跡へと入っていく。明かりなどは何も無く、魔法で光源を空中へと浮かべて壁などを調べていく。

かなり風化が進んで壁も劣化が激しい。いくつか左右に部屋があったが何も残されていないし、壁などにも何も文字などの痕跡も無い。

一直線に伸びる通路を歩いていくと二十分ほどで突き当たりになる。

ここまでは何も手掛かりは無かった。これでお終《しま》いか……。

と思っているとタキノが、

「なぁ、ここおかしくないか？」

と突き当たりの壁を剣の柄で叩いている。

ゴンゴン、コンコンと場所によって音が変わる。

私も近寄り魔力を使って壁を調べるとたしかに壁の奥に空間がある。これはもしかして……と考えていると、

「おりゃあ！」

とタキノが身体強化フルマックスで壁を蹴り上げる。

バキッ！

と音がするとガラガラと壁が崩れ落ちる。どうやら元は頑丈な扉だったようだ。それが経年による劣化で脆《もろ》くなりタキノの蹴りによって崩された。

ふふん。

とタキノはドヤ顔でこちらを一瞥《いちべつ》すると崩れた壁の奥へと入っていく。

新しい宇宙、母船内、アルド。

共和国への技術提供は講義が終わった後も引き続き行われている。共和国の技術者や研究者は貪欲に技術を吸収して、疑問があれば納得がいくまで喰らい付いてくるのだ。

「はぁ～」

と食堂のテーブルに座っているオペレーターの一人が溜め息をつく。

「どうしたんじゃ？」

まぁ、原因は分かっているのだが聞いてみる。こういう時は話をさせた方がストレスが軽減するものなのだ。

「あっ、アルドさん。あのですね、共和国の人達の圧力がですね……」

「ははは、彼らも必死だからのう」

「それは分かっているのですが……度が過ぎるというか何というか……」

「分かった。ワシからも程々にと進言しておこう」

「はい、ありがとうございます」

と少し明るくなった顔を上げる。この羊獣人の女の子も慣れない講義やらなんやらで疲労の色が見える。

これはなんとかしないといけないのう。ナブさんに相談するか。

現状をナブさんに相談してから数日が過ぎた。ナブさんからの提案は、彼らの質問事項や疑問点を調べられる端末を作製して各自で調べてもらおうという事になった。

早速、数台の日本移民達が使っていたノートパソコンというものに似た端末を三十台ほど用意して共和国側へと渡した。

これでなんとかなればいいのじゃが。

それから数日は渡す端末を増やしていき、なんとか質問などは母船クルーの手を離れつつある。

《アルドさん》

「ナブさんか、何だね？」

《共和国側から供与された資料の中に面白い記述を見つけました》

「そうか、それはどういうものなんじゃ？」

《かなり古い資料で欠損も激しいものでしたが、いくつかの資料を繋ぎ合わせる事によって分かった事があります。それは、この宇宙へと迷い込んだ宇宙船二十五隻は人種が移住可能ないくつかの星へと移り住みました》

「やはり、彼らの祖先は移住に成功したんだのお」

《はい、そして拙《つたな》いながらも移住者が結束して色々な技術を確立させせ、少しずつその生存圏を広げ

てきましたが、それにより人口が増え資源の枯渇が懸念されました》
「ふむ」
《そこで彼らは宇宙の辺境と呼ばれる地にまで開拓を進めて資源確保に邁進《まいしん》しました。それが人種はいるが文明が発達していない今の地域となります》
「うん？　それでは今なぜ辺境地は文明が進んでいないのじゃ？」
《それが、順調に開拓が進み、資源も送れるようになった頃に他の文明からの攻撃を受けて壊滅したと記録に残っています》
「辺境宇宙の先に他の先住種族がいたのかのう？」
《そうです。その種族はどのような種族なのか記録はありません。ですが辺境地の全ての星にある都市という都市が全て宇宙からの攻撃により消滅し、少数が生き残った宇宙船で脱出して、この記録が残されました。この事により、どのような種族・文明度が分からない者達、最低でも宇宙を移動して攻撃が出来るほどの文明から距離を置くべく、辺境地は放棄されました》
「なるほどな、それで辺境地は手付かずなわけか」
《はい、そしてこの話には続きがあります》
「ほう？」
《はい。辺境の地を放棄した後、やはり人口増加により資源の枯渇が起きてしまいます。それにより星ごとに分裂して資源の奪い合いで戦争が始まります。この戦争により主要な星にある都市は双方ともに壊滅。それでも戦争をやめない彼らはほとんどの資源を使い果たして文明の退化が起こり

現在に至ります》
「だから彼らには遺跡から出てきた物は使えるが、直したり生産する技術が無いのか」
《はい》
「なるほど、大体は分かった。ではそれを踏まえてどうするか？　じゃ」
《これは憶測になりますが、探査ポッドの探査記録から推測すると、文明がある程度発達している場所にマスター達はいないのではないかと》
「辺境の地かのう？」
《はい、可能性は高いです。現在はその辺境の地方面へも探査ポッドを飛ばしていますが、辺境の地までは距離がありデータが送られてくるのは数ヶ月後になります》
「う〜む、それまでこのままというわけにはいかんな」
《はい、それで共和国の方も現在は一段落しています。それで母船で辺境の地へと向かってはどうでしょうか。共和国には数体のポッドを置いておけば何とかなると思います》
「問題ないなら、それもありだな……ナブさん、その方向で調整してくれ」
《はい、分かりました》
ふと視線を上げると自室にある大型モニターが目に入る。
「綺麗だのう」
星々が輝いている。何か久しぶりに見た気がする。ワシも追い込まれていたということか……。
今更ながらにコウさん達がいないない事による重圧を感じていたのだと実感する。

「一杯飲むか」

腰掛けていた椅子から立ち上がり、部屋を出て食堂を目指す。


新しい宇宙、拠点内、コウ。

新たなアーマーについてナビィと話し合う。懸念点として戦闘宙域にて乱戦になった場合、情報量が多くなって制御ＡＩが処理し切れない可能性がある。

当初の脳波リンク機能はシャンバラからの情報を得る前に限界がきていた。これにシャンバラの技術を利用して新たな脳波リンク機能を確立した。

それにシャンバラのＶＲ技術も追加。

それら諸々《もろもろ》の要因によって空間認識の拡張を得られた。だが情報量が過多となり現在の制御ＡＩでは処理出来なくなる可能性が出てきた。

これから進むべき方向は二つ。まずは機能を落として使用、これなら現在の制御ＡＩでも使用可能となるだろう。

もう一つは制御ＡＩを拡張する事。機能をナビィの三分の一にまで引き上げる。

「う〜ん」

悩むな。使用した感じでは現在、脳波リンクというよりはシンクロに近い。過剰な機能とも言える。

デチューンしてもいいのではないか？

違う違うと頭《かぶり》を振る。

考えてみればこれは俺専用機の機能だ。それを妥協してどうする。ここは妥協せずに盛り盛りでいってみようではないか。

ハハハハ。

俺もバカだよな。まぁ、サイ、タキノ、ルカ、ヘルミナの四人の機体にはそれぞれに見合った程度に制限して、アーマー隊用にもかなり機能を抑えたバージョンでいいだろう。

それでもかなり性能が上がるはずだ。

後は長期間ミッション用の機能も必要かな？　今回みたいに一人ではぐれた場合には必要だろう。

新たにシャンバラの技術で作製したエネルギー機関は核融合炉から超小型化に成功した縮退炉を使用している。これによって強大な出力と膨大なエネルギーでほぼ無限に活用出来る事となった。

自分の魔力を使わなくても大規模な魔法を行使する事も可能となった。これはありがたい。

とりあえずはこんなものかな？　ナビィに設計変更をお任せして少し休もう。

数日が過ぎると専用アーマーの改修作業も終わった。内容的には制御ＡＩの拡充とサブ制御ＡＩの追加。

他にもコックピット後ろに空間拡張により部屋を設置。簡易な二段ベッドにミニキッチン（自動調理機含む。※材料は時間停止空間にて保存）、トイレにシャワーも備えている。

これでまたボッチ状態になってもやっていけるかな……今もボッチだけれども……。

拠点の方もかなり整備されてきている。作物プラントや人工肉のプラントも設置されている。使用量的には俺一人分なのでほとんど稼働してはいないが……。

この人工肉だがシャンバラから提供された技術だ。シャンバラで一時期、この人工肉が広まっていたが味気無いのではないかという意見が出て、今は一部でしか使われていない技術だ。技術としては錬金術に属するものだ。

ここでは豚、牛、鶏の肉を生産している。凄く美味しいとは言えないが味に違和感は無い。

今、かなり拡張して整備された場所を走っている。周りは森でその中にランニングコースが通っている。一周は一キロ。日課として十キロ走っている。

「ふう」

軽く汗ばんだ体を冷えたタオルで拭く。気持ちが良い。

ふと周りを見るが少し違和感がある。それはそうだ、生き物の気配が皆無なのだ。でも風が吹いて木々が揺れて綺麗な水が流れる小川がある。

ここの他にもトレーニング機器を置いた部屋やアーマーのシミュレーションルームに一人遊び用の機器が多数ある娯楽施設などがある。

《マスター》

「なんだ？　ナビィ」

《探査ポッドが人種が生存可能な星を見つけました》
「部屋へ帰る」
《ハイ、マスター》
自分の部屋へと急いで戻る。部屋に入り着替えを済ますとナビィを呼ぶ。
「ナビィ」
《ハイ、マスター》
と声が聞こえ目の前にモニターが現れる。
「報告を聞こう」
《ハイ、探査ポッドが見つけたのはこの星です》
モニターに青い星が映る。
「人種はいるのか？」
《いません》
「そうか……」
《ですが、人種がいたと思われる痕跡がありました》
モニターに完全に崩れている遺跡と見られるものが映る。
「遺跡か」
《ハイ、星の何箇所かに遺跡の痕跡があり、これらの遺跡は何らかの攻撃によって消滅したと思われます》

「攻撃か……もう少し何か発見出来ないか調べてくれ」

《ハイ、マスター》

通信が切れた。

「ふう」

一息つくと収納から冷えたビールを取り出してゴクゴクと飲む。

「これで何か手掛かりが摑めればいいが」

と先ほどナビィから報告された星の画像を眺める。


新しい宇宙、サイ。

俺らの回答を聞いた王女は素早く行動して遺跡へと向かう準備を整えた。

「それでまた馬車か……」

王都まで来た時よりはマシな馬車だが、それでも揺れは酷《ひど》い。結界で何とか凌いでいる状況だ。

ふと隣に座るヘルミナを見ると平気な顔で何かの本を読んでいる。

この一行は王女とそのお付き二人が乗る豪奢な馬車を中心に、その馬車を囲むように女騎士が乗る馬が四頭。その後ろに俺らが乗る馬車、これにはギルドからの同行者も乗っている。

最後の三台目の馬車には文官四名が乗っていて、その一行を守るように騎士が乗る十騎の馬が追随している。

陽が少し傾いてきた頃に遺跡へと到着した。今日のところはここで野営となる。遺跡の警備を担当している兵士達と騎士達が手早く天幕を設置すると俺らと同行者に一つの天幕を使う事を許される。

「何か面倒くさいな」

と思わず呟くと、

「もう少しの我慢よ」

ヘルミナは意に介さない。

その後は不味い食事が配られて、何とか口に突っ込んで食べたらすぐに就寝した。


翌朝は朝食を食べた後に全員が集まり予定を聞かされる。どうやらこの場に四人の騎士と警備の兵士を見張りのために残して、他の者は遺跡へと入る事となった。

女騎士二人が先導して遺跡へと入っていく。手に持たされたランタンの明かりが心細くなるほどに弱い。

しばらく通路を進むと崩れた壁が見え、そこを抜けると下へと続く螺旋《らせん》階段を降りていく。かなりの深さだ。

もう一時間は階段を降りている。

時折、ランタンの明かりで壁を照らすと今までの風化した遺跡とは違いツルリとした壁になっている。

どうやら状態保存の魔法が掛けられているようだ。

更に三十分ほど階段を降りると一つの空間に辿り着いた。その中に入っていくと……。

「これは凄いな」

魔導具の明かりで照らされた巨大な空間が現れ、その空間の先に大きな物体の影が見える。

「あれが宇宙船ね」

ヘルミナは楽しそうに、その黒光りする船体を眺める。

「ああ、本当に宇宙船のようだな」

俺は安堵の息を吐く。何とかなりそうだ。

「あれが例の物体です」

と王女の隣にいる文官が説明を始める。どうやら船の種類は三つ。王城で確認した絵図では戦闘艦らしきものと輸送船が二種類があるらしい。

近づくにつれて船体がよく見えるようになってくる。

「戦闘艦は小型艦ぐらいの大きさかしら」

「そうだな思ったより大きくないな」

見つめる先には砲塔が三つ付いた戦闘艦らしきものが二隻見える。その隣に中型艦ぐらいの輸送船二隻に少し草臥《くたび》れた小型輸送船が一隻見える。

「あれが本当に空を飛ぶのかしら」

と王女は無邪気に目を輝かせている。

さてと、いつまでも眺めているわけにもいかない。戦闘艦へと近づいていく。

「あれが搭乗口ね」

ヘルミナが船体下部から伸びている搭乗口を発見する。そこに近づいて扉と思われる周囲を確認する。

「これね」

ヘルミナが壁の一部を押すとコンソールが現れた。そして無造作にモニターの上に手を翳《かざ》すと、
ピピピ！

と電子音が鳴り、画面に明かりが灯《とも》り文字が映し出される。

「なるほどね」

ヘルミナはもう一度画面に手を翳す。すると画面の色が緑に変わり認証登録完了の文字が浮かぶ。

ヘルミナは画面の指示に従い画面を操作すると搭乗口の扉が開いていく。

「開いたわ」

ヘルミナは警戒もせずに中へと入っていく。その後へと続き中に入ると船体へと伸びる階段が見える。そこをヘルミナは上っていく。

「お、おい。少し待てよ」

声を掛けるがヘルミナはお構いなしに上っていく。

階段を上り切ると船体へと入る扉が見える。そこもヘルミナは壁の端末を操作して扉を開けると

船体内へと入っていく。

ふと後ろを振り返ると必死になってついてきている王女様達が見える。

とりあえず、中の事はヘルミナに任せて俺は王女達を待った方が良さそうだ。


新しい宇宙、遺跡内、タキノ。

怪しい壁に蹴りを喰らわせるとガラガラと音を立てて崩れ去る。

思ったとおりだ。

いつの頃からだろうか……いや、いつの頃からかは大体分かっている。きっかけはアーマーに乗り始めてからだ。

アーマーに乗り始めた当初は操縦に違和感があったが、乗る回数が増えるにつれてそれが解消されていった。

これは最近得た感覚だが、何というかアーマーに乗ると意識が広がったように感じる時があった。

その感覚をコウに相談するとあっさりと答えをくれた。

アーマーには操縦を制御補佐するための機能として脳波リンク機能というのが装備されているらしい。それが度重なる改良によって、魔力が混ざった脳波を正確に捉えて操縦者の意図を読み取り、機体の補正補助をして精密、正確に動作させる事が可能となっていると説明された。

コウも感じた事があるそうなのだが、それが時折、情報の逆流現象を起こし知覚が広がったように感じる時があると言っていた。

ただ、コウが使う脳波リンク機能に比べて俺らが使う機能には脳に負担にならないように、かなり制限されているのだとか……。

まぁ、あれだけの大規模魔法を行使するには機能を最大限にするしかないのだろうな。

すげえと思う。

それでだ。最近も変わらず精神集中の訓練のために瞑想をしているのだが、雑念が取り除かれていくごとに、周囲の状況が細かく把握出来る感覚が生まれる時がある。

これが最近集中して周囲を観察している時に、ごく近い周辺の違いというか違和感が分かるようになった。

今回もその感覚に従い行動したら壁が崩れたという事だ。

剣聖の爺《じい》さんとの模擬戦でも感じていた事だが、爺さんの周囲を認識する能力はかなり高い。それは今俺が感じている感覚が拡張されたものではないかと思っている。

まだまだ、爺さんやコウには及ばねえが、その取っ掛かりは摑めたように思える。

面白《おもしれ》え。

思わず口角が上がる。ワクワクしてきたぞ。

さて先へと進むか。

遺跡内、ルカ。

目の前の壁がタキノの蹴りによって崩される。何が起こったか把握するのに数瞬掛かった。軽く頭を振り状況を観察する。

壁の先に通路が見える。どうやら風化して壁と同化した扉だったようだ。それをタキノが蹴りで壊したと……。

何だろうかタキノから時折感じる野生の勘というか、そんな類いのもの。

タキノは崩れた壁を一瞥すると壁の奥へと進んでいく。跡を追わないと……。

タキノは暗い通路をまるで見えているかのように進んでいく。はぁ〜、多分見えているのだろうな。それを天然で自然にやっている。

こいつはバカなのか天才なのか分からない。

だからいつも気になって構ってしまう……。手の掛かる弟のようなものだ。

私も目を強化すれば暗闇でも視界は確保出来るが、周囲の状況を把握するために光源魔法で辺りを照らす。

進むにつれて壁の状態が良くなってきている。軽く魔力で壁に干渉してみると、どうやら状態保存の魔法が全体に掛かっているようだ。

外に晒《さら》されている部分から状態保存の魔法が切れて風化が進んでいるのだろう。しばらく進むと扉が見える。

タキノが無造作に扉に手を掛けるとあっさりと開く。施錠はされていなかったようだ。

扉の中に入ると階段が見える。その階段をタキノは何も気にせずに下っていく。溜め息が出る。少しは周囲を警戒してほしいと思う。

下っていくにつれて状態保存の魔法の効力が強くなってきている。

一時間も階段を下っただろうか、階段が終わり小さな部屋へと辿り着く。部屋の奥には扉がある。

さすがのタキノも安易に壊す行動はせずに周囲を観察している。いつもそうしてほしい……。扉の前にいるタキノを押し退《おの》けて扉周りを調べるとカバーで隠された操作パネルが見つかった。

カバーを開けてパネルを調べると掌《てのひら》ほどのモニターがあり、そこに手を当てて魔力を流してみると、

ピピピ！

と音がしてパネルに明かりが灯る。二つボタンがある、赤と青だ。青を押してみると扉がシュウッと開いていく。

更に扉の奥へと入っていくと、突然にブーンと低い音が響き出した。タキノも周囲を警戒して足を止めると周囲が明るくなる。

この施設はまだ生きているようだ。私達がパネルを操作した事によって動き出したみたいだ。

短い通路を抜けると大きな空間へと出る。かなり広い空間だ。

手前から順々に奥へと明かりが灯っていく。

「ありゃあ、何だ？」

とタキノが言うと奥が明かりに照らされると大きな物体が見える。何だろうか一見すると船に見える。それも宇宙船だ。

近づいていくとたしかに宇宙船だ。艦種は戦艦に属すると思われる。ただそれほど大きくはない。

黒光りするその船体は劣化を感じさせず佇《たたず》んでいる。

「船だな」

とタキノは呑気に宇宙船を見上げている。

これが何かの手掛かりに繋がればいいのだけれど……。


新しい宇宙、母船内、アルド。

何とか共和国側との調整が済んで辺境の地へと飛び立つ事が出来た。

食堂の大型モニターに映る共和国の拠点を見ている。

「何とかなりましたね」

と羊獣人であるオペレーターの女の子が声を掛けてくる。

「そうだのう。君らにも苦労を掛けたな」

「いいえ。良い経験になりました」

彼女は少しずつ小さくなっていく共和国の拠点を見つめる。

「そうか。少しでも経験として何らかを残せたなら良かったわい」

「はい、何となく共和国の方達の心境が分かるんです」

「そうなのか？」

「はい、私達もコウさん達と出会うまでの生活や文明レベルは共和国の人達よりも低かったですからね」

と笑う。

「ほう」

「ええ、本当に何も知りませんでしたし、生活も酷かったです。それがコウさん達と出会って、まずは生活が激変して、ルカさんやナブさんに揉《も》まれて今に至ります」

「そうか」

彼女の横顔を見ると何か晴れ晴れとした表情をしている。またモニターへと目線を移すと、もう拠点は豆粒くらいに小さくなっている。

《アルドさん》

「ナブさん」

と返事をすると目の前にモニターが展開される。そこに映るのは辺境の宙域の宙域図だ。

《予定ですが、一番近い宙域がココになります》
ナブさんがそう言うとモニターが切り替わり、二つの星がクローズアップされる。
《手前の星が目当ての星で、奥にある星は人種が暮らす事は可能ですが恒星から少し離れていて、陽光が届きにくく気温が低い星となります。それゆえに役目としては資源採取を目的として開拓されていたようです》
「ではまずは手前の星かのう」
《そうです。あと二日ほどで探査ポッドが当該惑星へと接近します》
「そうなればデータを入手出来るという事じゃな。この星へはどれくらいで到着出来る？」
《予定到着日は一ヶ月後の予定となっています》
「かなり掛かるのお」
《久しぶりの航海と新たに組み込んだり交換した箇所の検査を行いつつ向かうので、多少時間が掛かります》
「新たに導入したものといえば、エネルギーユニットか」
《はい、シャンバラの技術により大幅に改良された縮退炉の試験となります》
「アーマーの新しい融合炉はどうじゃ？」
《そちらも既にアルドさんの機体には換装済みで、アーマー隊へは随時行っていき当該目標へと到達前には全て完了します》
「シミュレーション施設には、それらは反映されているのか？」

《はい、既に反映されて順調に訓練は進んでいます》

「他に何かあるかのう？」

《以上です》

「もう自室へと戻るが、何かあったら呼んでくれ」

《はい》

とのナブさんの声と共に目の前にあったモニターは消え去った。食堂を見渡すと集まっていたクルーは既に解散しており、数人が飲み食いをするだけとなっていた。

「ふうっ」

と息を吐き出して自室へと戻る。部屋の中に入るとベッドへと倒れ込むように横になる。何もない天井を暫《しば》しの間見つめると、

「そういえば」

と思い出す。たしか我らの拠点の星へと戻ると新たにアーマー隊員が増員されるとあった。悪ガキタキノの配下のアーマー隊を除いたアーマー隊はいつの間にかワシの預かりとなっていた。

他のメインの人員は忙しいからのお。

タキノは分からんが……。あれもワシからすれば、ヤンチャだが可愛《かわい》いものだ。

どうしているのかのお。

ふと、コウさんやサイ、タキノ、ルカさん、ヘルミナさんの顔が浮かぶ。

「こちらはこちらで何とかしていくしかないのう」

と宇宙空間を映すモニターを見る。

皆無事だといいが……。

〇　〇　〇　〇

新しい宇宙、コウ。

知覚が拡張されて米粒のようなデブリでも鮮明に知覚出来る。宇宙空間に生身でいる気分になる。

目標となるデブリ群を把握、それらに向かってアーマーのスラスターを最大限に吹かす。

機体には何の影響もない。掛かったGは重力制御で打ち消されて機体とパイロットへの負担は解消される。

機体から伸びる魔力の残滓《ざんし》が煌《きら》めいて筋を残す。それを外から知覚出来る。

デブリ群へと突入、恐ろしい速さで迫り来るデブリを軽々と避《よ》けて進む。機体の改修と共に新たに機体各所に追加したセンサーが周囲三十キロ圏内を詳細に把握する。

先行している遠隔機から送られてくるデータと合わせてデブリの位置、その挙動を把握して避けていく。

「追加機能もちゃんと稼働しているな。成功だな」

と俺は機体を拠点へと反転させる。遠くに見える恒星がぐるりと位置を変える。良い反応だ、病みつきになりそうだ。

拠点へと近づくと前方に魔法陣が展開されて、その魔法陣を抜けると格納庫へと一瞬で移動する。

機体を降りて改めて機体を見上げる。

「仕上がったな」

《マスター》

「何だ？」

《船の方ですが、明日には完成予定です》

「おお、そうか」

思わず口角が上がる。やっと完成かぁ。

「すぐに使えるのか？」

《いいえ、一週間ほどの試験航行を済ませて不具合がないか、改修の必要がないか検証が必要となります》

「そうか、そうだな」

ナビィの言葉に納得する。自室へと向かいシャワーを浴びて着替えを済ませたら食堂へと向かう。

「今日は何かな」

席に座ると給仕ポッドがチーズバーガーとフライドポテトに炭酸飲料を目の前に配膳していく。

チーズバーガーの包み紙を剝《は》がし一口齧る。

「美味いな」

お世辞抜きで美味い。人工牛肉を使っているとは思えない。まぁ、ルカの作成したレシピもいいのだろう。

チーズバーガーをもう一つ注文して食べ切り、食後のコーヒーを飲む。

「何とか十日以内には出られそうか」

と独りごちる。ノリで拠点とかも改修して使えるようにしてしまったが、今後も使う予定があるのだろうか？

疑問だな。

ここまでかなりの数の探査ポッドに付近を探査させているが、めぼしい結果は得られていないし、発見した人種が生存可能な星にあった遺跡も完全に破壊されていて何も発見出来なかった。

仲間とは完全にはぐれてしまっている。

いざ一人ぼっちになってみると彼らに依存してたのが分かる。信頼していたし楽しかった。

また会えるのだろうか？

このまま一人ぼっちなのか？　という考えが浮かぶが頭を振ってそれを振り払う。

「何もしていないと余計な事を考えてしまうな」

食堂の席を立ち自室へと向かう。

何かしなければ……。

専用のアーマーは作ってしまったしな。

う〜んと悩んで幾《いく》つかのものを作る事にした。

一つはナビィに任せる艦載機だ。これは人型ではなく、二種作りたい。戦闘機型と雷撃機型だ。

これらをＡＩで制御してナビィが統率する。

拠点防衛や船の守りにも使える。

もう一つは俺のアーマーの無人随伴機。これは三機種、近接戦闘型・魔法砲撃型・万能型だ。

高度なＡＩがあり制御も可能となれば作らないという選択肢はない。

さてさて、作ってしまおうか。


数日が経った。船は順調に試験航行を行っていて、ナビィ用の艦載機も二種完成してナビィが楽しそうに宇宙で試験運用を始めて、機体の改修も進んで今では戦闘機型が百機、雷撃機型が五十機完成している。

ついでにナビィの目となる探査ポッドや偵察ポッドの他に早期警戒機型も十機ほど運用が始まった。

何を目指しているのだろうか？

暇があるというのは罪だな……。それで俺のアーマーの随伴機だが難航している。

基となる機体はすぐに出来たのだが各種の装備が決まらない。考えすぎて凝ってしまう。

妥協が必要だろうか？

いやいやいや。妥協なぞいらんな。とことんやってみようか……。

幸いにして時間はたっぷりとある。

新しい宇宙、サイ。

「サイさんと言ったかしら」

王女が俺らに追いついてそう聞いてきた。

「そうです。サイです」

「これが本当に飛ぶのかしら？」

王女は船の中の通路をキョロキョロと見回して問いかけてくる。

「はい、飛びます」

そう答えると、前方を歩くヘルミナが突き当たりの扉を開けて入っていくのが見える。王女の問いかけに答えながらヘルミナの後に続いて扉の中へ入ると、

「この船生きているわ」

とヘルミナはこちらを見ずにコンソールを操作している。

「動きそうか？」

「動くは動くけど私達の船と違って、このコントロールルームだけでも五人は必要よ」

「操作方法は？」

「このユニットに記録されているわ」

ヘルミナがコンソールを叩くとモニターに操作マニュアルという記録が表示される。

「王女様、人数は揃《そろ》えられますか？」

「問題ないわ。何人必要かしら」

「ヘルミナ、何人必要だ？」

「そうね、予備も含めて二十人は必要ね」

「二十人ね、すぐに集めるわ」

王女は答えると後ろにいる文官に指示を出す。

ふうっ、何とかなりそうだな。後でヘルミナと相談する必要があるが、これなら報酬として一番小さい船を貰《もら》う事も可能かもしれない。

チラリとヘルミナを見ると目が合う。ニコリとヘルミナが微笑むと顔を近づけてきて、

「報酬の件だけど頼んでいいかしら？」

「小さい船だな」

「そう」

と短くヘルミナは答えると次々にコンソールを操作していく。しばらくすると低い振動音と共にコントロールルームにあるモニターが徐々に点灯していく。左右前方にある大型モニターが点灯すると外の状況が映し出される。

「「「おお」」」

と王女と女騎士、文官が声を上げる。次にヘルミナがコンソールを操作すると小さなモニターに

船内の見取り図が表示される。

「サイ、士官室が四つあるわ。王女様をここの一番大きな士官室へと案内してあげて」

「了解だ」

とヘルミナに答えると王女様御一行を士官室へと案内する。一人の文官は残るようだ。士官室へ着き中へ入ると十五畳ほどの空間があり、大きなベッドと応接セット、ミニキッチンがある。奥には扉があり確認するとトイレと洗面所付きのシャワールームがあった。

色々と触ってみると操作方法はこれまで使っていたものと変わりがない。早速、王女達はソファーに座り、一人の文官が外へと出ていく。

どうやら王女付きの侍女と色々なものを運び込むらしい。一時間もすると侍女や荷物が届いてキッチンをぎこちなく操作しながらお湯を沸かしてお茶を淹れている。

途中、ヘルミナが部屋へ来て一緒にクルー用の食堂へと移動する。

「報酬の件は？」

「少し話したぐらいだが了承されそうだ」

「簡単に了承するわね」

ヘルミナが首を捻《ひね》る。

「どうやら、もう一つの遺跡で同じような通路が見つかったらしい」

「それで」

「ああ、もしかするとあと何隻かの船が見つかる可能性がある」

「もう少し私達の力が必要という事ね」

「そうだ」

と言うとヘルミナは収納から温かい缶のお茶を出して適当な席に座る。

「人員が揃い次第、訓練かしら」

「そうなるな」

俺も席に座りお茶を収納から出してゴクリと喉を潤す。

「じゃあ、早めに船を貰って居住しましょうよ」

ヘルミナは楽しそうに言うが、その折衝は俺がしなければならないだろう。

溜め息が出る。まぁ、ヘルミナの言うとおりなんだがな。早めに船の確認だけでもした方がいいだろう。

しばらくすると王女付きの侍女が来て俺を呼んでいるという。何だろうか？　侍女の後ろに付いて王女がいる部屋へと行く。部屋に入ると王女が座るソファーの対面に促されて座ると侍女がお茶を用意してくれる。良い香りがするな。

「王女様、何か御用でしょうか？」

「先ほどの報酬の件だけど、そちらの要望どおりでいいわ」

「そうですか！　ありがとうございます」

「その代わりと言ったら何だけど、今回の二十人だけじゃなく、もう少し多くの人員を訓練してくれないかしら？」

俺は少し考えるフリをしながら、

「了解いたしました」

と答えた。

「そう、ありがとう。そうね、食事や必要な物はそこにいる侍女に言えば揃えるわ」

王女は壁際に立つ侍女を見て言う。

「はい、何か必要な事があれば相談させていただきます」

と答えて頭を下げる。ふうっ、いつも交渉事はルカが担当だったのだが経験してみると頭が下がるな。早速、ヘルミナに伝えないとな。


新しい宇宙、ルカ。

宇宙船だ。宇宙船がある。隣でポカーンと宇宙船を見上げているタキノを見たらなぜか冷静になった。

宇宙船から下へと伸びている入り口らしきものへと近づいていく。

「入り口ね」

と思わず声に出てしまった。後ろからついてくるタキノもどこかワクワクした顔つきになっている。

入り口の周りを調べると小さいコンソールが出てきた。これに魔力を流すと扉が開き、その扉を抜けると階段があり上っていく。

階段を上り切ると宇宙船へと入る気密ドアが見える。そこにも小さなコンソール、それに魔力を流して扉を開くと通路が見える。

中へと足を踏み入れると通路の明かりが灯る。

「生きているようだな」

天井を見上げてタキノが呟く。そのまま通路を直進していくと突き当たりに扉があり、扉の前に立つと自動で扉が開いた。

開いた扉の先へと足を踏み入れると、そこは宇宙船のコントロールルームらしき場所。正面にあるコンソールを弄《いじ》ると他のコンソールにも明かりが灯る。

「いけそうだわ」

「そうか」

タキノも何だか嬉しそうにしている。

ふむとコンソールを弄っていると色々と分かってきた。ナブのようなＡＩが無いせいで、ほとんどが手動だ。そうだ、と収納にナブと相談して作ったものがあるのが確認出来た。

「これでいけるわね」

収納からタブレットと万能型作業ポッドを四体出して、タブレットを操作してポッド達を起動させる。これは地球からの移民者向けにナブの恩恵を受けられない農業、畜産中小規模業者へと貸し出す用途で作り、試験で使おうとしていたものだ。

そして宇宙船には制御用のＡＩは無くても、それなりのコンピュータは各所に搭載、設置されていて繋がっている。

ではどうするか？

無いならば簡単なＡＩを繋げて制御してしまえばいい。一体のポッドの点検ハッチを開いてポッドの制御ＡＩから点検用のコードを引き出して、コンソール近くにあるソケットへと繋げる。なぜかソケットのサイズが同一規格になっている。どうしてだろうか？

少し考え込むが、それは後で考えればいいと頭を振り目の前の作業に集中する。

タブレットを介してポッドのＡＩへとアクセス。そこから宇宙船の各コンピュータへと繋げていく。

これで準備は出来た。さて上手くいくかな？　とタブレットに表示されたボタンを押す。

するとタブレットへと各種データが流れ込んできてポッドの制御ＡＩが機能し始める。

「上手くいったか？」

「ええ、何とかなったわ」

タキノへ笑顔で答える。ふう、これで少し宇宙船に手を加えれば、この星から出られるわ。次はと考えてタキノが壊した壁を修復して塞ぐ。

タキノは少し飽きたらしく、この宇宙船がある大きな格納庫を走りに行った。元気ね。階段を再度上って壁を修復して通路を魔法で埋める。これで誰も入ってこれない。

宇宙船へと戻るとタキノは楽しそうに走っている。

宇宙船の内部を確認・点検する。うん、何とかなるわ。とりあえず四つある個室の一つを占有して宇宙船の改修計画を考える。

まずは強固な防御機能である結界をつける。一応は元から宇宙船には小さなデブリ程度を弾《はじ》けるシールド？　らしき機能は付いているようだが防御機能としては弱すぎる。

それから武装も追加で用意した方が良いだろう。この小型艦程度の宇宙船の武装として光学系の主砲が付いているが、これも弱すぎる。魔法系の攻撃手段なら追加出来来そうだ。

「こんなものかな」

一応は艦載機らしい物を積むスペースはあるが手持ちの材料では艦載機などを作る事は出来ない。タキノには武装の制御をお願いしよう。

後は魔法陣と魔石で便利機能も追加かな。タブレットで宇宙船にあったデータを眺めていると簡単な宙図が出てきた。

これが正確なものかは分からないが、ここはこの宇宙船を作った者達の勢力がいる端っこにあるらしい。

遺跡がこんな状態だという事は、この宇宙船を作った者達が生存しているかどうかは疑問だし、生存しているとしても友好的とは限らない。

とりあえず勢力図の中心を目指すべきだろうとは思う。後は他の仲間達と合流出来るかが問題だわ。すぐに見つかるといいのだけれど。

中心へと向かいながら、途中にある星を探索するしかないわね。収納にかなりの食料があるといっても無限ではない。途中で補給も必要だ。

はぁ。思わず溜め息が出る……。

タキノはというと、一度戻ってきて自分の部屋を決めると、すぐに船外へと出て瞑想を始めた。

ホント、呑気なものね。

さてと食堂のキッチンを調べて何か作ろうかしらと部屋を出る。

神様のミスで異世界にポイっとされました

I Was Thrown Out To Another World Caused By God's Failure.

～元サラリーマンは自由を謳歌する～

神様のミスで異世界にポイっとされました

I Was Thrown Out To Another World Caused By God's Failure.

～元サラリーマンは自由を謳歌する～

巻末資料【コウの旅路】

①神様のミスで異世界に
飛ばされたコウ。
魔獣から守られた聖域に

②トルドア王国の
城塞都市リンドルンガへ

③トルドア王国・王都の
騎士・魔法師学院へ

④トルドア王国の東にある
国々を冒険

⑤再びリンドルンガへ

⑥テルゾア帝国との戦争のため、
バルボア王国へ

⑦自ら船を作り、
まだ見ぬ大陸を目指す

⑧島国ワグを経由して、
新大陸へと到着

⑨リンドルンガへ戻る

⑩再び新たな大陸へ

⑪魔導国エリオリアンで、
宇宙船とその管理AIナブと出会う

⑫魔法国ライネリオン領都ライバーンで
サイが旅の仲間に

⑬道中、ウィンドバードの
風魔を獣魔に

⑭イの国での戦いの末、
タキノが仲間に加わる

⑮マグノリア聖教国の外の
第三級民地区で、
ドワーフの少女ルカが仲間に

次ページへ続く

⑯第二級民地区でエルフの女性
ヘルミナと出会い、
一緒に行動することに

⑰リンドルンガに立ち寄り、
ヘルミナが仲間に。
そして、ついに宇宙を目指す！

⑱宇宙生命体との激闘を
繰り広げつつ、
原初の船が向かった
星々を巡る

⑲星々を巡る道すがら、
日本人の刑事、
逸見とのコンタクトに成功……!!

⑳ついに地球、日本へ

㉑別次元宇宙へ転移。
転移先のアレクシア共和国の
迷宮を攻略すると、
惑星シャンバラに導かれる

㉒青く輝く惑星と、
道標となる星の一つ、
惑星トリステアを巡る

㉓二つ目の道標の惑星デルマにて、
剣聖アルドと出会う。
タキノとアルドの激闘の末、
旅の仲間に加わる

㉔三つ目の道標の惑星
アルコリアスへ

㉕ようやくシャンバラへと至るが、
相変わらずトラブルに
巻き込まれ……

㉖リンドルンガへ戻る。ナブにより、
さらに新しい宇宙が発見される

㉗次元転移の際、
宇宙に放り出され、
仲間達と離れ離れに!?

㉘仲間達と再会するべく、
準備を進める——

神様《かみさま》のミスで異世界《いせかい》にポイっとされました
～元《もと》サラリーマンは自由《じゆう》を謳歌《おうか》する～ 4

2024年5月25日　初版第一刷発行

著者　でんすけ
発行者　山下直久
発行　株式会社KADOKAWA
〒102-8177　東京都千代田区富士見2-13-3
0570-002-301（ナビダイヤル）
印刷・製本　株式会社広済堂ネクスト
ISBN 978-4-04-683553-6 C0093

企画　株式会社フロンティアワークス
担当編集　吉田響介／近森香菜／前野遼太（株式会社フロンティアワークス）
ブックデザイン　鈴木 勉（BELL'S GRAPHICS）
デザインフォーマット　AFTERGLOW
イラスト　長浜めぐみ

本シリーズは「小説家になろう」（https://syosetu.com/）初出の作品を加筆の上書籍化したものです。

AUTHOR
MIYABI
ILLUSTRATOR
ニシカワエイト
ヴィーナスミッション
VENUS MISSION
~元殺し屋で傭兵の中年、勇者の暗殺を依頼され異世界転生!~
女神からの依頼は、
勇者32人の暗殺!?
——チート能力で暴走する勇者たちを抹殺せよ。
元殺し屋の男は、女神から「暴走する勇者32人の暗殺」を依頼され異世界に転生する。前世の戦闘技術や魔法を駆使し、暴走する勇者達を殺害していくが、同時に召喚に関する陰謀や女神の思惑にも巻き込まれてしまう——。
MFブ[redacted]発売中!!

「こぼれ話」の内容は、
あとがきだったり
ショートストーリーだったり、
タイトルによってさまざまです。
読んでみてのお楽しみ！

アンケートに答えて著者書き下ろし「こぼれ話」を読もう！

よりよい本作りのため、
読者の皆様のご意見を参考にさせて頂きたく、
アンケートを実施しております。

奥付掲載の二次元コード（またはURL）にお手持ちの端末でアクセス。

↓

奥付掲載のパスワードを入力すると、アンケートページが開きます。

↓

アンケートにご協力頂きますと、著者書き下ろしの「こぼれ話」がWEBで読めます。

- PC・スマートフォンに対応しております（一部対応していない機種もございます）。
- サイトにアクセスする際や、登録・メール送信時にかかる通信費はご負担ください。
- やむを得ない事情により公開を中断・終了する場合があります。